LE NOBLE ET AUTRES CONTES LETTRES NEUCHÂTELOISES

Isabelle de Charrière

Edition : Culturea (culurea.fr), 34 Hérault
Contact : infos@culturea.fr
Impression : BOD, Norderstedt (Allemagne)
ISBN : 9791041971886
Date de publication : juillet 2023
Mise en page et maquettage : https://reedsy.com/
Cet ouvrage a été composé avec la police Bauer Bodoni

LE NOBLE

Conte moral

On ne suit pas toujours ses Aïeux, ni son Père

LA FONTAINE

Il y avait dans une des provinces de France un château très ancien, habité par un vieux rejeton d'une famille encore plus ancienne. Le Baron d'Arnonville était très sensible au mérite de cette ancienneté, et il avait raison, car il n'avait pas beaucoup d'autres mérites : mais son château se serait mieux trouvé d'être un peu plus moderne. Une des tours comblait déjà une partie du fossé ; on ne voyait dans le reste qu'un peu d'eau bourbeuse, et les grenouilles y avaient pris la place des poissons. Sa table était frugale, mais tout autour de sa salle à manger régnaient les bois des cerfs tués par ses aïeux. Il se rappelait les jours gras qu'il avait droit de chasse, les jours maigres qu'il avait droit de pêche, et content de ces droits il laissait sans envie manger des faisans, et des carpes aux ignobles financiers. Il dépensait son modique revenu à pousser un procès pour le droit de pendre sur ses terres, et il ne lui serait jamais venu dans l'esprit qu'on pût faire un meilleur usage de son bien, ni laisser à ses enfants quelque chose de mieux que la haute, et basse juridiction. L'argent de ses menus plaisirs il le mettait à faire renouveler les écussons qui bordaient tous les planchers, et à faire repeindre ses ancêtres.

La Baronne d'Arnonville était morte depuis longtemps, et lui avait laissé un fils, et une fille qui s'appelait Julie. Le jeune seigneur avait également à se plaindre de la nature, et de l'éducation ; cependant il ne se plaignait pas. Content du nom d'Arnonville, et de la connaissance de l'arbre généalogique de sa maison il se passait de talents, et de science. Il chassait quelquefois, et mangeait son gibier avec les filles du cabaret voisin ; il buvait beaucoup, et jouait tous les soirs avec son domestique. Sa figure était désagréable, et il eût fallu de bons yeux pour découvrir chez lui ces traits qui, selon quelques-uns, annoncent infailliblement une illustre naissance. Julie au contraire avait de la beauté, des grâces, et de l'esprit. Son père lui avait fait lire des traités de blason qu'elle ne goûtait guère, et elle avait lu quelques romans qu'elle goutait beaucoup plus. Le séjour qu'elle avait fait chez une dame de ses parentes dans la capitale de la province lui avait donné quelque usage du monde : il n'en faut pas beaucoup pour rendre polie une personne qui a l'esprit pénétrant, et le cœur bon.

Un peintre qui copiait ses grands-pères, et leurs Quartiers, lui avait donné des leçons de dessein ; elle peignait des paysages, et brodait des fleurs ; elle travaillait avec adresse, elle chantait avec goût, et comme sa figure n'avait besoin ni de beaucoup d'art, ni de beaucoup de magnificence, on la trouvait toujours bien parée. Elle était fort vive, et fort gaie, quoique tendre, et il lui échappait quelquefois des railleries sur la noblesse ; mais le respect, et l'amitié qu'elle avait pour son père les modéraient toujours. Son père l'aimait aussi, mais il aurait souhaité qu'au lieu de fleurs elle brodât sur les écrans des armoiries ; qu'au lieu de Télémaque, et de Gil Blas elle étudiât les parchemins rongés qui constataient les titres de la famille. Il était fâché de voir que dans sa chambre les modernes estampes fussent près de la fenêtre, tandis que les vieux portraits étaient relégués dans un coin obscur ; et souvent il l'avait grondée de ce qu'elle préférait une jolie, et aimable bourgeoise des environs à une demoiselle aussi laide que noble, et maussade, qui demeurait dans le voisinage. Il aurait voulu qu'elle ne cédât le pas qu'à bonnes enseignes, et selon la date des Diplômes ; mais Julie ne consultait jamais les Diplômes ; elle cédait toujours à l'âge, et aurait mieux aimé qu'on la crût roturière qu'arrogante. Par étourderie elle aurait passé devant une princesse ; par indifférence, et par civilité elle eût laissé passer tout le monde devant elle. Quand le Baron d'Arnonville voulait détourner ses enfants d'une chose qu'il condamnait, il disait toujours : cela ne convient pas à une personne de votre rang ; cela ne répond pas à la noblesse de votre origine. Il n'employait jamais aucun argument pour leur faire faire quoi que ce fût, ne pensant pas que la parfaite inutilité fût indigne de la haute naissance, ni que ce fût déroger que n'être bon à rien.

Julie ne voulait point avoir trop d'esprit, et voilà pourquoi ce qu'elle en avait plaisait davantage. Elle savait peu, mais on voyait que c'était faute d'occasion de pouvoir apprendre ; son ignorance n'avait point l'air de la stupidité. Une physionomie vive, douce, et riante approchait d'elle tous ceux qui la voyaient, et son abord gracieux achevait la prévention qu'avait fait naître sa physionomie. Si elle eût affecté un air de grandeur, et de réserve, elle aurait fait faire d'autant plus de pas en arrière que son air en avait plus fait faire en avant. Nous voulons plaire d'abord à une personne qui nous plaît : si elle nous reçoit mal, elle nous mortifie ; irrités contre elle, nous nommons dédain ce qui n'est peut-être que mauvaise habitude : elle nous a souvent perdus pour toujours.

Julie avait beaucoup plu à une Dame de Paris qui l'avait vue chez la parente dont j'ai parlé ; elle la pria de venir passer quelque temps chez elle à la campagne. Julie obtint la permission de son père, il lui recommanda de se souvenir de ce qu'elle était, et Julie partit. Cette Dame était fort riche ; elle avait un fils unique qui cependant était aimable, et bien élevé. Il était très bien fait, Julie était belle : ils se plurent dès qu'ils se virent, et ils ne songèrent d'abord ni à se le dire, ni à se le cacher. Peu à peu ils se le firent entendre, et ils se trouvèrent encore plus aimables quand ils surent qu'ils se plaisaient. En compagnie, à table, à la promenade Valaincourt disait souvent tout bas, ou à mots couverts, quelque tendresse à Julie ; mais dès qu'ils étaient seuls, et qu'il aurait pu tout dire, il ne lui parlait pas. Elle en était surprise, mais pourtant contente ; elle avait lu, ou elle devinait que l'amour est timide quand il est ardent, et délicat ; aucun discours ne lui aurait fait tant de plaisir que ceux de son amant, mais elle aimait encore mieux son silence. Valaincourt avait, outre les raisons que Julie sentait, un motif de se taire qu'elle ne savait pas. Elle avait vu qu'il avait les yeux grands, les cheveux blonds, les dents belles ; elle lui avait trouvé beaucoup de douceur, d'esprit, et de générosité ; elle avait remarqué de l'ordre, de la décence, et de l'opulence dans sa maison ; mais elle avait oublié de demander lequel de ses ancêtres avait été fait noble. Malheureusement c'était son père qui par de grands services, et de grandes vertus avait mérité cette distinction. Les sages diraient que quand c'est de cette façon qu'on a acquis la noblesse, la plus nouvelle est la meilleure ; que le premier noble de sa race doit être le plus glorieux d'un titre dont il est l'auteur ; que le second vaut mieux que le vingtième, et qu'il y avait à présumer que Valaincourt ressemblerait plus à son père, que Julie à son trentième aïeul. Mais les sages ne sont pas juges compétents de l'ouvrage du préjugé. Valaincourt connaissait le préjugé, il savait jusqu'où le porterait le père de Julie. Le temps de son départ approchait ; tous deux étaient affligés, et ils en étaient plus tendres. Comme chacun se retirait pour s'aller coucher ils se trouvèrent seuls dans un corridor où il n'y avait point de lumière. Valaincourt prit la main de Julie, et la baisa plus vivement qu'il n'avait encore fait ; car il l'avait déjà baisée, et Julie depuis plusieurs jours ôtait ses gants quand elle croyait devoir donner la main à Valaincourt. Le lendemain ils se trouvèrent dans le même corridor, et dans la même obscurité ; alors Valaincourt prit un baiser à Julie, et Julie qui n'aimait pas à refuser ce qu'elle pouvait donner sans peine, le laissa prendre. Le lendemain Julie fit en sorte de se trouver dans le corridor ; il y avait de la lumière, Valaincourt l'éteignit, il lui donna un tendre baiser, et puis encore un, Julie aurait voulu les rendre… heureusement c'était le dernier soir… le lendemain Julie partit.

Tant qu'elle avait été avec Valaincourt elle n'avait songé qu'au plaisir de le voir, et de l'entendre : quand elle ne le vit plus elle sentit la douleur d'en être séparée ; elle pensa aux moyens de le revoir, et de le voir toujours. Je ne sais ce qu'elle sentit, et pensa encore ; mais par bonheur le jeune homme pensait aux mêmes choses de son côté.

Un jour comme elle brodait seule il entra ; elle se souvint du corridor, et rougit : Valaincourt ne parut pas s'en souvenir, tant il mit de respect dans sa façon de l'aborder. Avec une femme qu'on estime, qui a l'air modeste, et décent, un homme met presqu'en doute les faveurs qu'il en a reçues. Valaincourt ne pouvait pas croire qu'il eût osé toucher de ses lèvres le visage de cette divinité. Après les premiers compliments il retomba dans son silence. Julie ne se croyait plus du tout imposante ; elle trouvait qu'il en avait assez vu pour n'être plus si timide, et pensant qu'il devait apercevoir une partie de ce qu'elle sentait, elle se fâcha de ce silence. À sa place, se dit-elle, il me semble que je parlerais. En même temps elle se leva pour sonner, et comme le laquais allait entrer dans la chambre, vous êtes bien poli, Monsieur, dit-elle à Valaincourt, de venir de si loin, puisque vous n'avez rien à me dire. Donnez le café, et si mon père est au logis, priez-le d'en venir prendre. Ah ! Mademoiselle, répondit Valaincourt, qu'il est difficile de parler quand on pense que de ce qu'on va dire dépend peut-être toute votre félicité, ou tout notre malheur… Si je m'y prenais mal… Ah ! grand Dieu ! si je ne disais pas ces mots qui vous persuaderaient !... Julie, adorable Julie, dites... que faut-il que je dise ? Quels discours, quels motifs, quelles assurances pourraient vous engager à vous donner à moi ? Ah ! Valaincourt !... dit Julie avec un regard, et un soupir qui promettaient tout, qui répondaient, oui, à tout ce qu'il aurait voulu dire.

Valaincourt qui les entendait n'en demanda pas davantage ; hors de lui-même il prend ses mains, et les baise avec transport ; il ose même, il ose en plein jour presser sa bouche sur la sienne : le père eût pu entrer, mais ils n'y pensaient pas ; qu'auraient-ils prévu, qu'auraient-ils craint dans leur délire ? Il fut court cependant ; Julie s'alarma de l'ardeur de son amant, et de sa propre complaisance : laissez, laissez-moi, dit-elle, Valaincourt, nous nous oublions. Dans ce moment ils entendirent du bruit, et se hâtèrent de se rasseoir : Julie baissa la tête sur son ouvrage pour cacher son désordre ; le jeune homme alla au devant de monsieur d'Arnonville avec un air de soumission qui parut le prévenir en sa faveur.

– J'ai pris, Monsieur, la liberté de venir voir Mademoiselle votre Fille avec qui mon bonheur m'a fait faire connaissance.

– N'aviez-vous jamais vu mon château ?

– Non, Monsieur, je n'avais jamais eu de prétexte pour oser venir vous rendre mes devoirs.

– Il mérite bien qu'on le voie, dit le vieux seigneur. Un baron d'Arnonville dont le trisaïeul avait été créé chevalier sous Clovis le fit bâtir en 624. Il n'est pas étonnant qu'il le fit faire aussi vaste que vous le voyez ; dans ce temps-là la noblesse était respectée, comme elle doit l'être ; elle était riche, et puissante ; aussi était-elle bien plus pure, et bien plus rare qu'aujourd'hui. À présent c'est une récompense ordinaire ; rien n'est si commun, et je ne fais nul cas de ces petits nobles sans aïeux...

– Nous en avons, dit Julie, depuis le grenier jusqu'à la cave.

– Et la plupart des anciennes familles, continua le Baron, se sont corrompues par des mésalliances. Il en est bien peu, j'ose le dire, qui se soient, comme les d'Arnonville, soutenues dans toute leur pureté ; aussi j'espère bien que mes enfants...

– C'est sans doute, interrompit le jeune homme qui n'y pouvait plus tenir, c'est sans doute une satisfaction, et un motif de plus pour être vertueux que de trouver dans ses ancêtres des exemples de vertu, et d'amour pour la patrie. Quand on joint à un grand nom un grand mérite, et qu'au lieu de la vanité…

– Puisque vous n'avez jamais vu le château vous n'avez jamais vu les portraits ; il faut que je vous les montre, cela ne pourra que vous être utile pour l'étude de l'Histoire. Monsieur, voulez-vous me suivre ?

– Mademoiselle nous accompagne-t-elle ? dit Valaincourt d'un ton affligé.

– Non, répondit en riant Julie : j'ai assez vécu avec mes grands-pères, et je les connais bien.

Julie resta à son ouvrage, ou plutôt à sa rêverie. Dieu ! qu'elle était agréable ! Jamais moment de solitude n'avait été pour elle plus délicieux. Mais que Valaincourt était triste ! Le Baron à qui il plaisait ne lui épargnait pas un portrait, pas un écusson, pas une anecdote, et chaque portrait, chaque écusson amenait une réflexion qui perçait le cœur du pauvre Valaincourt. Ce n'est pas qu'il fût mortifié d'une si ridicule ostentation ; il n'aurait pas voulu tenir sa noblesse du Roi Ninus à la charge d'être aussi vain, et aussi fou que le Baron d'Arnonville : mais Julie ! Enfin il entra dans sa chambre, et il tressaillit.

Pendant que le père s'embarrassait dans l'histoire du premier de ses ancêtres que le pinceau eût transmis à sa postérité, Valaincourt parcourait des yeux l'ouvrage du goût de la fille. Il vit sur une table un paysage qu'elle avait fini, un autre commencé, et parmi ses pinceaux, et ses couleurs il vit un petit Catéchisme, Segrais, Racine, et Gil Blas. Il vit les belles estampes qu'elle préférait aux vieux portraits, il vit des fleurs… mais il ne vit plus rien de tout le reste quand il eut aperçu le portrait de Julie. Il était crayonné en petit, il était ressemblant. Valaincourt ne songea plus qu'à détourner les yeux du père : quel est cet homme respectable, dit-il, qui est là, Monsieur, derrière vous ? Le Baron se tourna : c'est celui dont je vous ai tant parlé, n'avez-vous pas entendu ? Ah ! Monsieur, pardon, je me le rappelle. Valaincourt avait le portrait, et ne désirait plus rien ; mais voyant que le père recommençait il prit le joli paysage qui était à sa bienséance. Enfin ils sortirent de cette chambre ; c'est donc là, dit tout bas Valaincourt en la regardant encore, c'est donc là qu'habitent que reposent tant de charmes !

– C'est donc là, dit le Baron, que sont mes plus anciens portraits ; nous avons fini par ce qu'il y a de plus curieux, j'avais gardé ceci pour la bonne bouche.

– Vous avez bien raison, Monsieur, dit Valaincourt qui souriait malgré sa détresse, il n'y a rien de si précieux que les peintures de cette chambre ; et puis il le remercia avec toutes les démonstrations de la reconnaissance, mais il avait la mort dans le cœur.

– N'est-il pas vrai, dit Julie lorsqu'ils la rejoignirent que je suis riche en grands-pères ? Mes grand-mères ne sont pas belles, mais cela ne fait rien, elles sont anciennes ; je compte me faire peindre bien des fois ; belle ou laide, dans trois cens ans mon portrait vaudra son pesant d'or.

– Ah ! Mademoiselle, dit Valaincourt, votre portrait ne sera pas si cher, si précieux qu'il l'est aujourd'hui : alors peut-être la vanité le vénérera, aujourd'hui l'amour l'adore.

– L'avez-vous vu, Monsieur ?

– Oui, Mademoiselle, vous verrez que je l'ai vu comme je devais le voir ; j'ai vu aussi vos livres, et vos paysages…

– Ne vous êtes-vous pas fort amusé à voir mes ancêtres ?

– Non, Mademoiselle, je n'ai regardé que ce qui avait rapport à vous.

Ceci se disait à demi-voix. Julie souriait, et Valaincourt était bien aise de voir que la fille n'eût pas le même respect pour l'ancienneté que son père. Il était tard, Valaincourt prit congé d'eux, et s'en alla.

– Ce jeune homme est-il ton amant ? dit le Baron à sa fille.

– Je crois qu'oui, mon Père.

– Pense-t-il à t'épouser ?

– Oui, mon Père.

– Est-il gentilhomme ?

Julie n'en savait rien, mais elle le supposa, et dit encore, oui.

– D'une ancienne famille ?

– Oui, mon Père.

– D'où tirent-ils leur origine ?

– De Renaud de Montauban, répondit Julie par un mouvement de gaîté plutôt que par politique.

– Quoi, ma Fille, de Renaud de Montauban ! Mon Dieu, que tu serais heureuse ! Quelle joie pour moi de te voir ainsi mariée !

En disant cela il l'embrassa avec une tendresse qui la déconcerta. Elle se repentit de lui en avoir imposé sur une chose qui lui paraissait si importante, et craignit les conséquences de son badinage, s'il venait à se découvrir. Elle s'indigna aussi de tant de folie, et tous ces sentiments ensemble l'agitèrent si fort qu'elle fut obligée de se retirer. Elle s'assit dans sa chambre les deux bras appuyés sur sa toilette et sa tête baissée sur ses mains. Mon père ne demande pas, disait-elle, s'il est vertueux, s'il est sage, s'il a le cœur bon ; il demande si sa famille est ancienne… sur cette assurance il me donne à lui… Ah ! si Valaincourt allait n'être pas si noble, il me refuserait ! Il serait d'autant plus inflexible que je l'ai trompé. Mon Dieu, quelle imprudence ! Mon Dieu, combien ne suis-je pas coupable ! Elle rêva encore quelque temps avec cette tristesse, puis se levant, et se promenant par la chambre elle voulut regarder pour se distraire le paysage dont Valaincourt avait parlé : ne le trouvant point elle alla à son portrait ; alors elle comprit ce que Valaincourt avait voulu lui dire. Ce vol lui parut aussi plaisant que tendre ; elle s'imagina voir son père disant d'un côté, voilà Jean-François-Alexandre d'Arnonville, pendant que Valaincourt pensait, voici Julie d'Arnonville, il faut l'emporter. Quand une jeune fille se voit tendrement aimée de son amant, ses chagrins sont aisément adoucis ; ce fond de joie rend son cœur facile à s'égayer. Julie trouva que si Valaincourt ne descendait pas de Renaud, il descendrait de quelque autre ; qu'elle pourrait faire passer sa tricherie pour une erreur ; que peut-être aussi il ne serait pas impossible d'en tirer parti ; qu'il faudrait prévenir Valaincourt, et concerter avec lui sa généalogie. Si les motifs raisonnables ne touchent pas mon père, disait-elle, ne me sera-t-il pas permis de le tromper un peu ? Devrions-nous être les victimes d'un préjugé si ridicule ? Cette morale un peu relâchée l'accommodait, elle s'y arrêta. Il lui vint dans l'esprit d'écrire à Valaincourt pour l'avertir. Elle prit l'écritoire, les plumes, et le papier ; elle imagina le moyen de faire parvenir sa lettre, et je jurerais qu'elle aurait écrit si elle eût été sûre de son style, et de son orthographe ; mais Julie passa légèrement sur ses véritables motifs de ne point écrire ; elle se persuada en remettant tout cet attirail que la prudence, la réserve, la modestie, le respect des bienséances, l'arrêtaient, et elle s'applaudit des vertus qu'elle n'avait pas. On vint appeler Julie pour le souper. Déjà son père avait fait part de ses espérances au jeune baron : à peine ils purent se contenir en présence des domestiques ; dès qu'ils furent renvoyés on but à la santé du descendant de Renaud ; mais Julie ne pouvant supporter le spectacle de leur joie, se retira encore une fois également honteuse de sa faute, et de leur extravagance. Seule dans sa chambre elle se mit à pleurer. L'amour, le repentir, la crainte, l'espérance, se confondaient dans son cœur, et l'oppressaient. Une jeune personne agitée par différents sentiments, quand elle ne sait plus comment les démêler, pour se tirer d'embarras, elle pleure. Julie ayant cessé de répandre des larmes, le chaos qui l'accablait se trouva presque dissipé ; il ne lui resta bientôt plus que l'idée de son amant. Elle le vit tel qu'il lui avait paru au premier instant de leur connaissance. Elle se rappela les marques de sa tendresse ; elle se reprochait, tantôt d'y avoir trop répondu pour la décence, puis de n'y avoir pas assez répondu pour l'amour ; elle se souvint des baisers, qui sait si elle ne souhaita pas de les recevoir encore ? Enfin elle se coucha, et en se couchant elle trouvait qu'il y avait bien longtemps qu'elle n'avait vu son lit. N'est-ce donc que ce matin, disait-elle, que je me suis levée ? N'est-ce que cette après dînée que Valaincourt est venu ? Jamais journée ne lui avait paru si longue, parce que jamais journée n'avait été pour elle si remplie de sensations diverses, et intéressantes. Elle ne pouvait concevoir qu'elle eût senti, et pensé tant de choses ; qu'elle eût eu tant de joies, et de chagrins en si peu de temps. Julie n'est pas la seule à qui le temps paraisse encore plus long dans la succession rapide d'impressions variées, que dans la langueur de l'inaction. Julie s'endormit malgré la tendresse ; ses songes ne lui annoncèrent rien de fâcheux : le lendemain nul pressentiment ne la troubla ; elle passa la matinée à peindre dans sa chambre. Son Père dînait au château voisin, son frère chassait, ainsi elle était seule. Combien de fois ne souhaita-t-elle pas que Valaincourt vint troubler cette solitude, et mettre à profit des moments qui coulaient pour rien ! S'étant mise à lire sur un banc de l'avenue elle le vit enfin venir, mais il était avec son père. Il avait regardé le portrait de sa maîtresse une partie de la nuit, et une partie du jour ; mais il voulut revoir sa maîtresse elle-même ; il se mit en chemin pour cela d'abord après dîner, et rencontra Mr. d'Arnonville qui retournait chez lui. Le Baron ne tarda pas à lui parler de la chose qui occupait uniquement son cœur.

– J'ai appris, Monsieur, lui dit-il après avoir fait bien des révérences, j'ai appris que vous aimiez ma Fille, et que vous songiez à l'épouser.

Valaincourt étonné ne répondit à ce début que par une profonde inclination. La surprise, l'inquiétude étaient peintes sur son visage, et le rendaient muet. Mon sort va être décidé, disait-il en lui-même. Bon Dieu, que va-t-il dire ! Cet empressement à lui parler de son amour annonçait un bonheur, ou un malheur extraordinaire. Il n'osait presqu'écouter.

– Je suis décidé depuis longtemps, Monsieur, continua le baron d'un air gracieux, à ne donner ma fille qu'à un homme d'une naissance illustre : les d'Arnonville ne feront déshonneur à aucune famille ; ils peuvent prétendre à tout. Mes ancêtres…

– Ah ! Monsieur, s'écria imprudemment l'amoureux Valaincourt, je connais toute votre supériorité, je sais que je ne suis pas digne de votre alliance ; mais si l'amour le plus tendre, et le plus respectueux, le désir le plus vif de rendre heureuse votre aimable Fille pouvaient me tenir lieu d'une noblesse plus ancienne ; si l'honneur, la probité, mon dévouement pour vous…

Dans ce moment Julie s'était approchée, elle avait entendu ce que disait Valaincourt, et sa confusion expliqua tout ce mystère. Valaincourt était tourné de façon qu'il ne voyait point encore Julie, mais le Père n'écoutait déjà plus Valaincourt. Il jeta sur elle un regard qui la fit tomber à ses pieds. Valaincourt interrompu par ce mouvement regardait la fille, et le père sans pouvoir comprendre ce qui occasionnait une scène si touchante ; il ne savait que penser, ni que dire. Julie les yeux baissés vers la terre laissait couler ses pleurs, et gardait le silence. Le père furieux ne pouvait parler. Enfin recouvrant la parole :

– Fille indigne de moi, et de mes aïeux, dit-il, vous avez donc voulu tromper votre père ; tout ce que vous m'avez dit de la naissance de votre amant n'est donc qu'une fable ?

– Ah ! mon Père, répondit Julie, je suis criminelle, mais… mais j'aimais Valaincourt.

– Quoi, Julie, c'est moi qui vous trahis ! s'écria-t-il : je devais deviner, je devais me taire… Ah ! c'est pour moi que vous êtes coupable, et c'est moi qui vous trahis ! Monsieur, continua-t-il en se mettant à genoux à côté de Julie, Monsieur, pardonnez une faute que l'amour a fait commettre, et qu'ainsi nous partageons. Permettez-moi d'aimer votre Fille ; ses grâces, son esprit, la beauté de son âme aussi bien que sa naissance l'élèvent fort au dessus de moi ; elle mérite un trône… mais un Roi ne serait pas plus tendre, jamais elle ne trouvera tant d'amour que dans mon cœur, jamais ses perfections ne seront mieux adorées… Encore une fois, permettez que je l'aime, que je la voie, que je vous voie, et votre propre jugement décidera de mon sort.

– Renaud de Montauban ! dit le Père, sans paraître l'avoir entendu. Depuis combien d'années votre Famille a-t-elle ses titres de noblesse ?

Valaincourt ne répondait rien.

– Parlez, lui dit Julie, soyez plus sincère, et plus généreux que moi.

– Depuis trente-cinq ans.

– Trente-cinq ans ! Et je donnerais ma fille !… allez, Mademoiselle, allez pleurer votre honte, et ne reparaissez pas devant moi : et vous, Monsieur, qu'on ne vous revoie plus ici. Ôtez-vous à l'instant de mes yeux, dit-il à Julie qui continuait à pleurer à genoux, aurais-je cru que vous puissiez oublier jusque-là votre origine ? Vous méritez bien peu d'être née ce que vous êtes !

– Sans doute, dit Valaincourt en aidant Julie à se relever, elle ne méritait pas un Père tel que vous.

Il en aurait dit davantage, si un regard de Julie ne lui eût imposé silence, et comme elle prenait en pleurant le chemin du château, l'amant désespéré s'éloigna en maudissant son sort, et la noblesse. Pour le Baron d'Arnonville, outré, indigné, ne pouvant marcher tant il était ému, il s'assit sur le même banc où quelques moments plutôt lisait, et rêvait paisiblement Julie. Ayant fait appeler sa ménagère par un ouvrier qui travaillait dans le jardin, il lui apprit l'aventure en peu de mots, et lui ordonna de veiller à ce que Julie ne pût sortir de sa chambre, ni recevoir des nouvelles de son amant. Cette vieille qui était une des Archives du château, et qui depuis une enfance très reculée n'entendait, et ne voyait que les folies de ses maîtres, était presque aussi chaude sur la noblesse que le baron ; elle entra de tout son cœur dans son ressentiment, et courut enfermer, et haranguer sa jeune maîtresse. Julie, quoique naturellement douce, s'indigna d'un traitement si dur, et lorsque la vieille ayant expliqué sa commission commença à dire :

– Pour une demoiselle de votre rang…

– Taisez-vous, lui dit-elle, j'en ai assez entendu de ces extravagances ; enfermez-moi, mais sortez.

Deux jours Julie ne voulut ni écouter, ni répondre ; elle mangeait peu, elle ne dormait point, elle pleurait beaucoup. Le baron resté seul sur le banc disait : un petit noble de nouvelle date présume de s'allier à moi, et ma fille l'écoute ! D'un côté quelle audace ! de l'autre quelle lâcheté ! il dit cela tout seul jusqu'à la nuit tombante, il le dit ensuite à son fils, il le dit la nuit dans son rêve, et le lendemain faisant le tour de ses portraits il crut y voir le reproche, et l'indignation. Le troisième jour le vent ayant abattu une partie du pigeonnier, et la girouette où étaient gravées les armes d'Arnonville étant tombée à ses yeux du haut de la Tour dans un fossé bourbeux, son esprit fut saisi des plus vives craintes. Il se coucha l'imagination frappée de ces effrayants augures, et à peine le sommeil eut versé sur lui ses pavots qu'il vit les mânes de ses ancêtres armées de pieden-cap s'approcher de son lit d'un air consterné. Le baron s'éveillant en sursaut les pria d'apparaître à sa fille, mais les ombres antiques n'en firent rien. Julie ayant reçu sur le soir un billet de Valaincourt dormait tranquillement ; ses songes étaient l'ouvrage de l'amour, et de l'espérance. Valaincourt s'était adressé pour lui faire tenir ce billet à la fille du jardinier que l'affabilité de Julie lui avait attachée. Cette fille se chargea volontiers de la commission, et demanda à la vieille geôlière la permission de porter elle-même des fruits à Julie. Mademoiselle du Tour qui n'était au-fond pas méchante, et à qui le chagrin de sa maîtresse commençait à inspirer de la pitié, y consentit ; et la jeune fille après avoir un peu causé avec Julie lui dit tout bas qu'au fond du panier de fruit elle trouverait une lettre. Julie ne fut pas plutôt seule qu'elle l'ouvrit, et voici ce qu'elle lut.

« Belle, et tendre Julie, puisque vous connaissez l'amour il serait inutile de vous dire ce que je sens, et ce que je souffre, et d'ailleurs comment ma plume pourrait-elle l'exprimer ? Mon dessein est de vous assurer qu'il n'est rien que je n'entreprenne, rien que je ne hasarde pour vous tirer des mains cruelles qui nous séparent… Pourriez-vous n'y pas consentir, Julie ? Pourriez-vous adopter une ridicule prévention ? Si je le croyais… si je croyais que vous puissiez vous repentir un instant, si vous pouviez être moins heureuse… Dieu m'est témoin que je renoncerais à tout mon bonheur pour vous épargner un regret… Dites, Mademoiselle, craignez-vous les regrets ? Ma naissance… pardon, Julie, vous m'aimez, et j'ose soupçonner votre cœur ? Jugeriez-vous indigne de votre main celui que vous ne jugez pas indigne de votre tendresse ? N'est-ce pas pour moi que vous souffrez ?… Fiez-vous en à mon amour, charmante Julie, nous ne souffrirons pas longtemps. »

Julie l'en crut sans trop savoir pourquoi : elle lut, elle relut le charmant billet, et en le lisant, l'espoir, la gaîté même renaissaient dans son cœur. Elle mangea, elle dormit ; le lendemain elle reprit son ouvrage, et sa peinture. Mademoiselle du Tour la trouva douce, et affable comme auparavant, et enfin elle eut le plaisir de haranguer sans être interrompue. Le jour suivant la petite fille revint avec sa corbeille pendant que Mademoiselle du Tour disait :

– De la naissance dont vous êtes vous pouvez aspirer aux partis les plus nobles.

– Cela se peut bien, répondit en souriant Julie.

Mademoiselle du Tour, ignorant la vertu secrète de la corbeille, crut voir dans sa gaîté une preuve de ce qu'elle avait autrefois éprouvé elle-même, que rien ne console mieux d'un amant que l'idée d'un autre amant. Elle continua donc à lui dire :

– Votre mari sera grand seigneur ; vous aurez un grand Château, et vous serez bien contente.

– Cela se pourrait bien, dit Julie d'un air encore plus riant, et plus doux.

Mademoiselle du Tour, se croyant bien avancée, sortit en s'applaudissant pour dire au baron qu'il n'y avait qu'à la laisser faire, et que dans deux jours Julie aurait oublié son amant. Mais elle ne trouva personne à qui communiquer son art, et sa joie. Le baron était sorti pour se distraire, et fit dire qu'il ne reviendrait que le lendemain.

Julie se hâta de profiter de l'absence de la gouvernante pour lire la lettre de Valaincourt. Il lui disait qu'ayant tout examiné il jugeait son évasion facile ; que sa fenêtre était basse ; que cet endroit du fossé était presque comblé ; qu'il l'attendrait dans l'avenue à l'entrée de la nuit, et qu'une voiture légère pourrait les mener avant le jour dans une ville peu éloignée, où ils se jureraient un amour inviolable au pied de l'autel. « Je ne doute plus de mon bonheur, continuait-il, puisqu'il dépend de vous, chère Julie ; ce serait vous faire injure. L'amour vous donne à moi, ses droits sont sacrés. À minuit, quand la lune commencera à dissiper les ténèbres, quittez la triste prison où le barbare préjugé vous retient, et que l'amour vous conduise dans les bras de votre amant. Je ne demande point de réponse, vous m'avez dit que vous m'aimiez, c'était tout me promettre. À minuit, Julie… quels moments ! quels plaisirs ! »

Julie laissa tomber la Lettre, et resta quelque temps immobile. Un sentiment mêlé de surprise, et de joie, tel que le fait naître l'apparition inattendue d'un objet agréable, mais tout nouveau, tint quelque temps ses pensées comme suspendues. Un enlèvement ! Ce soir même ! Quitter la maison de son Père, et se donner à Valaincourt ! Julie se leva enfin, et sans s'avouer ses intentions elle ouvrit sa fenêtre, et regarda si effectivement il était si facile d'en sortir. Voyant que de ce-côté-là il n'y avait rien d'impossible, elle releva la lettre, et la lut encore une fois. Il est vrai, dit-elle, que le préjugé qui me retient ici est aussi barbare qu'extravagant. Il est vrai que j'ai dit que je l'aime. Valaincourt ne doute pas de mon consentement, ce serait, dit-il, m'offenser : je suis à lui, il m'attendra... Le même ton d'autorité qui rend un mari si odieux combien n'est-il pas favorable à un amant ? Avec le même art que l'on élude les droits de l'un parce qu'on les hait, on grossit les droits de l'autre parce qu'on les aime. On ne veut plus de sa liberté lorsqu'il faudrait l'employer contre le penchant. Si Valaincourt eût supplié, s'il eût demandé un consentement, comme doutant de l'obtenir, peut-être Julie n'eût osé se rendre : mais Valaincourt exigea, et Julie ne crut pas pouvoir désobéir. Valaincourt eût eu sans doute assez de peine à expliquer ces droits sacrés de l'amour qu'il réclamait avec tant d'assurance. Mais Julie ne demandait point d'explication, point de preuves ; elle l'en crut sur sa parole, et elle pensa être déterminée moins par sa passion que par un certain devoir inviolable que pourtant elle ne comprenait pas. La voilà donc presque résolue, elle verse des larmes en pensant au père qu'elle abandonne, à ce séjour qui la vit naître, et qu'elle va quitter ; mais elle pense à son amant, et ses pleurs se sèchent. Je serai donc, s'écrie-t-elle, je serai donc à lui pour jamais ! Alors elle retourne à la fenêtre, et examinant avec plus d'attention elle voit que précisément à l'endroit, où il faudrait descendre, il y avait un creux, où l'eau de la pluie qui était tombée ce jour-là s'était arrêtée. Il fallait combler ce creux ; de quoi se servir ? Julie regarde autour d'elle, et voyant les portraits de ses aïeux : vous me rendrez, dit-elle, au moins ce service, et elle sauta aussitôt en riant sur une chaise pour dépendre Jean-François-Alexandre d'Arnonville. Comme elle le tenait, montée encore sur la chaise, Mademoiselle du Tour entra.

– Que faites-vous, Mademoiselle ?

– Ma bonne... ma bonne... ne ferais-je pas bien d'envoyer ce portrait chez le peintre ? Si j'épouse, comme vous le croyez, le seigneur d'un vieux château, je voudrais y mettre le premier baron de la famille.

Mademoiselle du Tour ne désapprouva pas, comme on peut croire, cette idée, et en prit occasion de discourir très longuement sur le néant des plaisirs de l'amour, et la solidité des avantages de la noblesse. Julie toujours gaie, et folâtre voulut savoir si cette fée avait jamais connu ce qu'elle méprisait, et la du Tour lui conta que si son amant avait été marmiton d'un Duc elle l'aurait écouté, mais il n'était marmiton que d'un Comte. Quand la ménagère fut sortie, Julie fit un paquet de ce qu'elle avait de plus précieux, et comme le jour commençait à baisser elle se mit à préparer sa fuite. Le grand-père fut jeté dans la boue, et celui-là, ne suffisant pas, fut suivi d'un second, et puis d'un troisième. Jamais Julie n'avait cru qu'on pût tirer si bon parti des grands-pères. Ce nouvel usage la divertissait ; cependant elle était fort agitée, et si d'un côté son cœur se délectait dans l'espoir d'être à son amant, de l'autre il saignait pour son père. Ah ! que les principes d'une bonne éducation eussent été puissants sur une âme naturellement vertueuse, et encore incertaine ! Mais les arguments pour le devoir, qu'avait toujours employés le père, étaient encore moins solides que ceux de l'amant pour l'amour.

La petite fille vint chercher son panier. Ne sachant pas le contenu des lettres qu'elle avait portées, et croyant qu'une réponse de Julie ferait grand plaisir à Valaincourt, elle demanda si elle ne lui donnait point d'ordres. Julie hésita ; c'était le moment de détruire les espérances de Valaincourt, elle pâlit, elle rougit : non, dit-elle enfin d'une voix tremblante, et puis elle fit un présent à la fille du jardinier.

À huit heures son frère vint la voir, c'était la première fois. Après quelques railleries assez peu délicates, il lui raconta qu'il avait fait l'honneur à un petit parvenu de jouer avec lui un jeu qu'il entendait très bien, et que l'autre n'entendait point du tout ; et que charmé de trouver une dupe il avait joué tout le jour, et gagné une somme considérable. On n'est jamais plus sévère pour une faute dont on se sent incapable que quand on en a quelque autre à se reprocher. Julie lui dit que c'était bien lâche, et bien honteux : il lui fit une réponse méprisante, et s'en alla. Je serai bientôt éloignée, dit-elle, de cette aimable noblesse. C'est peut-être avec un pareil personnage qu'on me condamnerait à passer ma vie ; encore, s'il avait bien des quartiers, on me croirait trop heureuse. Oh bien ! qu'ils entrent dans l'Ordre de Malte ces grands seigneurs, cela leur est dû. Valaincourt ne s'y oppose point ; il leur en cède, je pense, sans envie l'honneur, et les vœux : mais mon cœur, et ma main n'ont rien de commun avec la Croix de Malte. Elle acheva de préparer sa sortie jusqu'à ce que la ménagère vint lui porter à souper. Elle se coucha ensuite pour qu'on ne soupçonnât rien. Lorsque tout fut endormi, depuis le jeune baron jusqu'à ses meilleurs amis, les chiens de chasse, elle se releva. Elle s'habilla à la hâte, et légèrement, sans lumière, et par conséquent sans miroir : elle pensait bien que de nuit, à la faible lueur de la lune, Valaincourt ne s'amuserait pas à contempler son ajustement. La lune paraît, la fenêtre s'ouvre, minuit sonne, Julie jette le paquet, elle monte sur la fenêtre, elle redescend, elle monte encore, quelque chose la retient, elle croit entendre son père, mais que lui dit-il pour l'arrêter ? Il lui parle de son nom, de sa naissance, de l'honneur de son origine qu'elle avait à soutenir. Julie trouva que tout cela ne faisait rien à l'affaire, et qu'elle ne devait pas être plus malheureuse que sa servante, à qui il était donc apparemment permis de se faire enlever. L'amour lui présente des motifs moins faibles, il la détermine, et Julie saute lestement sur le visage d'un de ses ancêtres qui se rompt sous ses pieds. Le bruit éveilla la ménagère qui ne couchait pas loin de là, mais pensant que c'était quelqu'un de ces esprits qui honorent fréquemment de leurs visites les anciens châteaux, elle se contenta de dire un Ave Maria en s'enfonçant dans ses coussins et, cette fois, les revenants furent bons à quelque chose.

Julie s'avance à travers des ruines, elle entre dans la cour, un chien s'éveille, mais il ne trahit point l'aimable maîtresse qui l'a caressé tant de fois. Elle veut sortir par une petite porte qui malheureusement était fermée, elle revient sur ses pas en tremblant : Dieux ! que deviendrai-je, dit-elle, si je ne trouve point d'issue ! Un vieux petit mur la lui fermait, elle essaie de monter dessus. Les briques étaient unies depuis si longtemps qu'elles se séparèrent sans peine. Julie passe en bénissant cette fois l'ancienneté. La voilà dans l'avenue, la voilà avec son amant, ne nous mettons point en peine de ce qu'ils devinrent.

Le lendemain quand on porta la terrible nouvelle au vieux baron, il tomba sans connaissance. En revenant à lui après bien du temps, et des drogues, il disait d'une voix presqu'éteinte : « Un nouveau noble ! ô mes Ancêtres ! ô mon sang ! Éternel opprobre ! » On craignait qu'il ne mourût de douleur. En vain un homme raisonnable qui se trouvait là lui représentait que la noblesse était un préjugé pour le mérite, et qu'un mérite reconnu, comme celui de

Valaincourt, n'avait plus besoin de préjugé ; qu'on ne peut jamais s'attribuer le mérite d'autrui, et que, quand on le pourrait, un noble ne s'en trouverait souvent pas plus qu'un autre ; que l'Empereur qui a donné les titres peut avoir été un malhonnête homme, ou un sot... Ce discours blasphématoire fut interrompu par une seconde pâmoison plus longue encore que la première. C'en était fait, je pense, du Baron, si une lettre bien consolante ne l'eût rappelé à la vie. Le sort le dédommageait de l'acquisition d'un gendre riche, beau, et tout aimable, en lui offrant la bru la plus désagréable qu'on puisse imaginer. Il accepta avec joie cette compensation ; il rendit grâces au Ciel, et admira la sagesse de la Providence qui dispense avec égalité les biens, et les maux. Il n'est pas besoin de dire que la demoiselle était complètement noble ; on n'envoyait pas son portrait, mais son arbre généalogique, et il était tel que le père n'hésita pas. Le fils avait oui dire qu'elle était louche, et bossue ; mais l'honneur de joindre ses armes, et ses quartiers aux siens le fit passer sur tous les désagréments du reste. Il comptait bien d'ailleurs se consoler avec des créatures moins nobles, et moins laides ; et il avait trop de grandeur d'âme pour penser qu'il fallût aimer celle qu'on épousait. Le mariage fut donc bientôt résolu. Julie en ayant appris la nouvelle s'informa du jour des noces. À la fin du repas le Père d'Arnonville, rappelant la vigueur de ses jeunes ans, célébra par vingt rasades une union si bien assortie. Lorsque le vin commençait à confondre dans sa tête l'ancienne, et la nouvelle noblesse, Valaincourt et Julie entrèrent dans la salle, et se jetèrent à ses pieds. Ayant perdu une partie de ce qu'il appelait sa raison, il ne sentit que sa tendresse, et pardonna. Julie fut heureuse, et ses fils ne furent point Chevaliers.

AIGLONETTE ET INSINUANTE, OU LA SOUPLESSE

Un écrivain obscur, mais dont la plume était exempte de malice comme d'adulation, traça ce qui aurait dû arriver au roi BIEN-NÉ. Le pauvre prince ne l'aura point lu. Ses ministres lui dérobèrent sans doute son histoire ; car ils en furent si mécontents, qu'ils mirent en prison le libraire qui la débitait : heureusement une femme compatissante fit abréger le temps de cette dure pénitence ; et quant à l'auteur, il n'a été connu ni du ministre, ni du public. Voyons s'il saura tracer quelques lignes qui ne causent de chagrin à personne, et qui puissent plaire à celle à qui elles seront particulièrement destinées.

Dans un grand empire naquit d'une grande souveraine, et de l'époux qu'elle avait élevé à une grande dignité, une princesse que le ciel destinait à jouer un grand rôle. Toutes les bonnes fées accoururent à sa naissance. L'une lui donna la beauté, une autre la grâce, une autre l'esprit, une autre le courage. La fée un peu altière, qui lui avait fait ce dernier présent, voyant arriver doucement et d'un air modeste, une petite fée, regardée par elle comme du second ordre, lui dit avec assez d'aigreur :

– Je parie que vous apportez en don la souplesse ; mais Aiglonette, (c'est ainsi que la princesse avait été nommée) Aiglonette n'en aura aucun besoin. Retirez-vous ; vous pourriez nuire au don que je viens de lui faire. La souplesse est incompatible avec la force et le courage.

– Vous vous trompez, répondit en souriant la douce petite fée.

– Quand cela serait, reprit l'autre, convenez, au moins que votre présent est inutile. Avec de la beauté, de la grâce, de l'esprit, une âme forte et généreuse, on peut faire tout plier ; et l'on n'a jamais besoin de plier soi-même, surtout quand on est élevé au dessus du vulgaire par la fortune et par le rang.

– La fortune et le rang sont-ils, dit la petite fée, hors de toute atteinte possible ? La beauté est-elle inaltérable ? Sans la souplesse a-t-on toujours l'esprit du moment et de l'occasion ? Car, supposé que nous fussions invariables nous-mêmes, il y a grande apparence qu'autour de nous, beaucoup de gens et de choses varieront, et que nous ne serons pas long temps regardés du même œil…

– Douter de son bonheur, est déjà un défaut de courage, s'écria l'altière fée. Retirez-vous ; je crains que vous ne jetiez sur Aiglonette un peu de votre prévoyance, qui n'est que pusillanimité ; un peu de votre souplesse qui, chez les grands, n'est que faiblesse honteuse.

La petite fée fit la révérence, et dit en se retirant :

– Si quelque jour on a besoin de moi, je reviendrai ; car l'enfant est si joli qu'il m'intéresse.

Ce joli enfant devint la plus belle et la plus aimable princesse du monde. L'idée ne lui vint point que manquer de souplesse, fut un malheur. La reine, sa mère, n'en avait jamais eu besoin. Elle gouvernait, sans contradiction, son époux et l'empire, et aurait pu dire comme Louis le Fastueux : *J'ai toujours fait la loi chez moi, et quelquefois chez les autres.* Par exemple, elle sut marier sa fille au gré de son ambition dans un État voisin, malgré d'anciens préjugés, et malgré d'assez bonnes raisons qui, dans cet État, empêchaient beaucoup de gens de regarder de bon œil une pareille alliance. La mère triompha par sa politique puissante, des préjugés et des raisons ; et la fille, dès qu'elle parut, fit oublier toutes les répugnances, et les changea en adorations. Ce ne furent que fêtes à la cour où elle devait régner. Le bel esprit, entr'autres, l'enivra de son encens. Ce n'est pas qu'il ne soit fade et de chétif aloi ; mais à force de revenir à la charge, à force de tenir l'encensoir sous le nez des grands à l'église, au spectacle, à la promenade, à la toilette, au cercle, sans les laisser jamais respirer un air pur, il faut bien qu'ils soient enivrés à la fin. Et puis, injustes humains, injustes sujets, vous jugez à la rigueur celle à qui vous avez ôté la possibilité de réfléchir et de se connaître !

Tout ce que faisait la belle Aiglonette était peint avec des pinceaux flatteurs. Oui, je ne puis le dire sans attendrissement, ce qui depuis fut appelé prodigalité criminelle, se nommait alors bienfaisante libéralité ; ce qu'on a qualifié depuis de liberté et d'indulgence excessives, se nommait alors affabilité aimable, mépris magnanime de l'exigeante étiquette. Les appréciations et les qualifications avaient déjà changé dans le public, que le langage des courtisans était encore le même. Aveugles qu'ils étaient, ils croyaient qu'Aiglonette ne pouvait trop persister dans une conduite qui, dangereuse pour elle, désagréable à tout le monde, leur paraissait souverainement avantageuse *pour eux*. Qu'ils se sont trompés ! Je les vois précipités dans un abyme dont ils ne regagneront pas les bords. N'insultons pas à l'infortune : tristes victimes de leurs adulations, ils se sont fait encore plus de mal qu'ils n'en ont fait à leur maîtresse abusée ; car son infortune n'est pas sans remède, comme la leur.

Si le rang s'est affaissé sous le poids de ses propres privilèges, le courage est resté. Si la beauté est altérée par le chagrin, la grâce reste. L'esprit… il a dû s'étendre et se former. Le malheur n'amène-t-il pas la réflexion ? Le blâme ne nous force-t-il pas à l'examen de notre conduite ? Si l'on n'avoue hautement aucun tort, il y a au moins des choses qu'on ne justifie pas hautement : on colore, on élude, on distingue, donc on apprécie. Je le répète, le courage reste, la grâce reste, et l'on est en chemin d'acquérir cette capacité d'esprit qu'on croyait si mal-à-propos avoir auparavant, quand, au lieu d'être éclairé par l'expérience, on était sans cesse aveuglé par des flatteurs.

Ces acquisitions, loin de compenser les pertes qu'avait fait la princesse, en aggravaient le sentiment. Elle n'en était que plus malheureuse pour être devenue plus clairvoyante. Sans compter le reste, il était bien douloureux de ne voir que d'avides courtisans dans ceux qu'elle avait pris pour des amis véritables.

Jusqu'à quand, princes, croirez-vous avoir des amis ! S'il y a des gens de bien sur le globe, vous pourrez avoir des serviteurs fidèles, des conseillers vertueux ; mais des amis ! Songez que, pour avoir un ami, il faut être ami soi-même. Il faut écouter des confidences, et vos secrets seuls vous paraissent importants ; partager chagrins et plaisirs, et vous ne voyez d'intéressants que les vôtres ; supporter l'inégalité, la sécheresse, l'abattement de corps et d'esprit, et vous voulez qu'on soit toujours prêt à vous entendre, à vous répondre, à courir avec vous ou pour vous. Il vous faut un automate que vous remontiez à votre heure, et c'est à quoi un courtisan ne ressemble pas mal à l'extérieur ; mais dans le fait, c'est lui le plus souvent qui ajuste, remonte, qui dispose l'aimant, ou tient les fils ; c'est vous qui êtes la machine.

La princesse était donc bien malheureuse. Quelquefois la religion lui inspirait quelque patience ; d'autres fois une justice intérieure, que les grands mêmes ne peuvent faire taire toujours, lui disait : Tu expies les dures vengeances que tu t'es permises, les persécutions que tu as faites ou laissé faire. Alors une lugubre résignation prenait la place d'un amer ressentiment ; mais son chagrin, pour varier, n'en était pas moins du chagrin.

Un jour, contre l'ordinaire, quelqu'un de ceux qui l'approchaient lui conseilla de tirer parti de je ne sais quel amusement qui se présentait.

– Je le pourrais, dit Aiglonette, si j'avais dans l'esprit un peu plus de souplesse…

Il n'en fallut pas davantage. Voilà la petite fée, repoussée autrefois, qui se glisse dans l'appartement. Elle ne fut point présentée ; mais elle avait tant de grâce et une petite dose de timidité si convenable, que la princesse ne put prendre sur elle de lui montrer une désobligeante surprise : au contraire, elle s'approcha de l'inconnue, avec qui elle s'entretint de la pluie et du beau temps d'un air fort naturel.

– Qui êtes-vous, madame ? dit à la fin la princesse. Vous me paraissez aussi polie qu'aucune des personnes de ma cour ; avec cette différence, que vous n'outrez rien. Votre parure n'est pas si entièrement calquée sur celles qu'on m'a vu applaudir ; vos empressements sont modérés, votre politesse n'est point rampante ; il y a dans ce que vous faites et dites, une mesure, un à-propos que je n'ai vus a nulle autre que vous.

– Que vous êtes vous-même obligeante et aimable ! s'écria la fée. Que vous êtes bien cette Aiglonette qui encore au berceau m'inspira un si tendre intérêt ! Je suis fée. Je m'appelle Insinuante. Comme je ne sais ni marcher très vite ni parler très haut, j'arrivai un peu tard lors de votre naissance, et me laissai repousser par des fées plus imposantes que moi. Je vous apportais la souplesse ; on m'assura que vous n'en aviez aucun besoin. Aujourd'hui, que vous la désirez, il ne tient qu'à vous de l'avoir.

Aiglonette rougit.

– Les fées qui vous empêchèrent de me douer n'avaient pas absolument tort, dit-elle, et j'aurais dû n'avoir aucun besoin du présent que vous vouliez me faire. Même aujourd'hui j'aurais quelque honte de l'accepter, ne pensant pas qu'il me convienne d'en faire usage. Le roseau consent à plier…

– Le chêne rompt, acheva la fée.

– Oui, quand les vents sont d'une impétuosité si extrême, si redoublée, qu'il ne faut pas s'y attendre, parce que cela est trop rare.

– Dépend-il du chêne de modérer les vents ?

– Peut-être que non, mais…

– Il est bon toujours de savoir plier, puisqu'il peut ne nous rester d'autre ressource.

– N'est-il pas plus beau, reprit fièrement Aiglonette, n'est-il pas plus beau de rompre que de plier lâchement ?

– Lâchement ! répéta Insinuante avec un sourire. Voilà une fleur de rhétorique trop commune, mais bien indigne d'une princesse de votre esprit. Une pareille épithète décide la question avant qu'elle ne soit éclaircie. Sans doute, tout vaut mieux que de faire lâchement quoi que ce soit. Je pourrais, imitant cette manière d'argumenter, demander à mon tour… Mais, non ; laissons l'exagération et les épithètes. Il s'agit d'examiner s'il faut toujours se roidir contre les coups de la fortune, ou s'il faut plier quelquefois, et quand il y a peu d'apparence qu'on puisse résister avec succès.

– Mes amis, dit Aiglonette, ceux qui montrent le plus de zèle pour ma gloire, me conseillent de ne point fléchir, et trouvent que je ne le pourrais faire sans honte…

– Quoi, dit la fée, des courtisans tiennent ce langage ! Ah, ne les en croyez pas. Ce qu'ils appellent *votre gloire,* c'est *leur intérêt…* D'ailleurs, fussent-ils de bonne foi, ce sont les plus mauvais connaisseurs en honte et gloire que l'on connaisse. Se prosterner est leur seule manière de plier ; ils marchent toujours courbés.

– Mais qui écouter, qui croire ? reprit Aiglonette. Irai-je consulter mes détracteurs, mes implacables ennemis ?

– Non, dit la fée, non, belle Aiglonette, ne consultez que l'expérience, dont vous trouverez les fastes dans l'histoire, et n'en croyez ensuite que votre propre discernement.

– Eh bien, dit Aiglonette, sans aller bien loin dans l'histoire, ma mère fut malheureuse, et ne fléchit point. Je conviens que les circonstances étaient très différentes, et je suis assez judicieuse pour ne rien conclure du succès qu'obtint sa courageuse persévérance. Mon frère n'a jamais cédé…

– Et en quoi, dit la fée, a-t-il réussi ?

– Laissons ma famille, dit Aiglonette. Denis le tyran ne vous paraît-il pas assez ridicule dans son école ?

– Assez ; mais c'est à cause de cette férule qui remplaçait le sceptre de fer qu'il n'avait pu retenir.

– La reine Zénobie *ravalée*, comme dit un auteur célébré, *au rang de matrone romaine*, ne m'inspire qu'une pitié dédaigneuse.

– En cela nous différons beaucoup, dit la fée. Une autre fin plus tragique à ses glorieuses aventures eût mieux figuré peut-être dans un livre. Mais pour Zénobie, qui ne l'aurait point lu, c'eût été là un faible avantage, auquel elle fit très bien de préférer quelques années d'une vie douce et paisible, et le mérite de laisser des filles contentes de leur sort. Changez un peu les temps dans votre imagination, belle Aiglonette ; faites vivre Zénobie à Rome, non point sous des despotes ni avec des esclaves, mais avec les Gracques, leurs mères et leurs épouses, et vous ne la plaindrez plus.

– Mon Dieu, s'écria Aiglonette, que prétendez-vous dire ? Compareriez-vous les *** aux Gracques et Mad. ** à la fille de Caton ?

– Pas plus, dit la fée, que vous ne vous compariez à Zénobie. Vous ne tombez ni si bas ni de si haut. C'était une vraie héroïne.

– Vous prenez, madame, dit en rougissant la princesse, le ton à la mode, le ton républicain. Faut-il que des êtres d'une nature supérieure à la nature humaine, se laissent gouverner par les circonstances et imitent des gens qu'ils devraient mépriser ?

– Nous n'imitons personne, reprit la fée ; mais aussi nous ne craignons personne, et nous disons la vérité aux grands quand ils en valent la peine, et que nous les croyons disposés à l'entendre. D'après mon humeur naturellement douce complaisante, ainsi que d'après mon inclination pour vous, je voudrais n'avoir que des vérités flatteuses à vous dire. S'il en est autrement, prenez-vous en au sort qui est plus puissant que vous ou moi ; ou plutôt soumettez-vous à lui, et recevez de moi des conseils que me dicte votre seul intérêt.

La fée se tut. La princesse rêva. Deux charmants enfants se présentèrent. Insinuante se mit à badiner avec le plus jeune.

– Et vous, lui dit-elle, daignerez-vous ne pas être malheureux ?

Les larmes vinrent aux yeux à Aiglonette.

– Adieu, madame, lui dit Insinuante : si vous ne voulez pas que je vous sois utile, je vous suis sûrement importune.

– Non, restez, de grâce restez, dit la princesse : vous avez pris sur moi un ascendant que je ne puis plus détruire. Quoi que je fasse, je ne pourrai plus suivre mes résolutions avec cette confiance, avec cette approbation de moi-même que j'avais avant votre visite.

– Voulez-vous *la souplesse,* dit la fée ? je vous l'offre pour la dernière fois : plus tard vous ne pourriez plus en faire usage avec grâce. Ce qu'on admirera aujourd'hui, l'on s'en moquera demain. La condescendance forcée ne touche personne. Il faut encore avoir le choix de fléchir ou de résister, pour que fléchir soit une vertu.

– Donnez, dit la princesse ; je ne promets pas de m'en servir, mais donnez.

À ces mots, plus de fée dans l'appartement ; mais la princesse resta avec un autre esprit, un autre cœur, ou pour mieux dire, avec une faculté nouvelle, qu'elle fut portée à exercer dès ce moment, ne fût-ce que pour en essayer, et se convaincre qu'elle l'avait. C'est aussi ce qu'elle fit ; mais avec tant de discrétion et de prudence, qu'elle avait déjà pris beaucoup de mesures, écrit beaucoup de lettres, entravé, retardé, contremandé beaucoup de choses, avant qu'autour d'elle on se fût aperçu d'aucun changement : ce qui lui sauva une infinité de représentations auxquelles il lui eût été difficile de ne pas céder. Un matin pourtant elle feignit de s'endormir à la lecture d'une feuille imprimée, qui depuis deux ans parlait tous les jours de l'auguste Aiglonette et de son illustre mère. Je ne suis sûrement pas la seule que cet homme endort, dit-elle en rouvrant les yeux ; et je crois qu'il me nuit plus qu'il ne me sert, puisqu'il fait en sorte qu'on s'ennuie de mon panégyrique. Qu'on lui demande quel est le profit qu'il tire de sa feuille en six mois : je lui paierai cette somme, à condition qu'il voyage tout ce temps-là, et qu'à son retour il écrive d'une autre manière. Cela fut exécuté sur-le-champ ; et depuis ce temps un autre folliculaire non moins grossier et insolent que celui-là était fade et emphatique, ne sut plus comment remplir les pages destinées à injurier Aiglonette. Peu à peu les barbouilleurs et les discoureurs des deux partis baissèrent de ton ; de sorte que, si on la loua beaucoup moins, elle cessa d'être déchirée.

Ô combien furent durs et pénibles quelques-uns des sacrifices qu'elle crut devoir faire aux circonstances ! Mais comme le naturaliste ne voit partout qu'insectes, fossiles, pierres, métaux, et devient plus savant à chaque pas qu'il fait, ainsi la princesse voyait dans tous les objets, soit leur résistance, soit leur flexibilité ; et sans cesse elle était éclairée sur les avantages du présent qu'elle avait reçu. Soit hasard, soit providence, le même jour qu'elle vit un lingot d'or s'amincir à l'infini sans rien perdre de sa valeur, un autre lingot d'or se laisser partager en lames arrondies, et recevoir de l'empreinte qu'on lui donna, une nouvelle beauté, elle vit se briser sous la baguette d'un enfant tout un trésor de verrerie. Le même jour qu'elle vit une haute muraille minée par des eaux croupissantes, s'écrouler et écraser dans sa chute des animaux et des enfants, elle vit de faibles joncs relever leurs têtes modestes de dessous les eaux accumulées d'un torrent furieux. La même poule qu'elle a vue hier se battre avec courage contre un ennemi redoutable de sa jeune couvée, elle la voit aujourd'hui rassembler ses poussins, et hâter et couvrir leur retraite ; car l'épervier qu'elle aperçoit dans les airs, est trop fort : l'attendre et le combattre serait non-seulement folle imprudence pour elle-même, mais encore cruauté affreuse envers ceux qu'il est de son devoir de protéger. Ce n'est pas uniquement de la nature qu'Aiglonette reçut d'utiles leçons ; l'histoire fourmille d'exemples qui parlèrent encore plus haut dès qu'elle leur prêta l'oreille. La société bien consultée, eût suffi seule ; car chaque maison est un état, chaque famille est une nation.

Un courtisan voulant un jour l'amuser, lui fit le récit de ce qu'il venait de voir chez une femme de sa connaissance. Elle et une de ses amies, belles toutes deux, avaient été récemment attaquées de la petite vérole, et venaient de recouvrer la santé. Il s'était fait recevoir chez l'une d'elles, non sans peine. Le jour était faible. Une belle main réchappée, sans perte, du naufrage, couvrait à tout moment un front et des joues qui avaient tout perdu. L'autre amie arrive. À peine était-elle reconnaissable. La première fait un cri ; celle-ci, un éclat de rire.

– Où allez-vous en sortant de chez moi ? demande la première.

– À la comédie, répond l'autre.

– Quoi ! dans votre grande loge ?

– Oui, tout comme toujours. Je n'aurai plus le plaisir d'être admirée ; mais il me restera celui de voir et d'entendre ; et je ne suis pas assez dupe pour renoncer à tout, pouvant conserver quelque chose.

Quand ce courtisan vit la princesse se contenter du crédit qu'elle pouvait avoir, jouir des plaisirs qui lui restaient, acquérir une considération nouvelle par l'oubli de son ancienne splendeur ; quand il s'étonna, quand il osa la blâmer, elle lui rappela les deux amies.

Beaucoup de gens crièrent à l'ingratitude. *Vous m'avez si mal guidée,* leur dit Aiglonette, *que c'est beaucoup que je vous pardonne. Tâchez de suivre mon exemple, et n'espérez pas que je me perde pour vous.*

LES DEUX FAMILLES

Conte

Deux hommes avec leurs femmes, abordèrent un jour dans une Isle. L'un avait coutume de commander, et l'autre d'obéir. Nous pourrions bien raconter comment cette habitude leur était venue ; mais les histoires qui remontent si haut, sont généralement un peu ennuyeuses. Ces deux hommes eurent des enfants ; celui qui obéissait en eut plus que l'autre, et ses enfants en eurent plus que les enfants de l'autre : cependant d'un côté l'on continuait à commander, et de l'autre à obéir ; et les choses s'arrangèrent, par les soins de ceux qui commandaient, de maniéré que presque toute l'Isle était à eux, et que d'une partie de ses productions, ils payaient le plus mal qu'ils pouvaient les services que les autres étaient forcés de leur rendre. Il faut avouer qu'ayant plus de loisir, ils acquéraient plus de grâce et d'éloquence ; qu'attirant sur eux plus de regards, ils étaient plus polis dans la société, et plus braves à la guerre : il faut encore avouer que beaucoup d'institutions utiles étaient dues, soit à eux, soit à ceux que leur supériorité les mettait en état d'encourager efficacement, par des distinctions et des récompenses.

Au bout d'un certain tems, tout cet état de choses déplut beaucoup, à quelques membres de l'autre famille. Ils dirent à leurs camarades soi-disant, car d'heureux hasards les avaient mis dans une situation fort différente du grand nombre, et ils avaient l'esprit très exercé ; ils dirent : vous êtes bien bons ; ce qui signifiait vous êtes bien bêtes ; l'Isle devrait être à vous, et il semble que vous y soyez seulement soufferts par bonté. Que feraient sans vous ces gens si superbes ? Colonels sans régiments, généraux sans armées, possesseurs de vastes terres qui ne produiraient plus que des ronces, ils mourraient de misère, à moins qu'ils ne devinssent les sujets de leurs ennemis. Messieurs, si dans vos disputes particulières, et dans vos affaires publiques, vous avez besoin d'être jugés et conseillés, servez-vous de nous qui serons moins fiers et moins avides, de nous qui sommes vos frères. Ils se disaient frères ; mais ils n'étaient que des cousins issus de germain, très disposés à devenir aussi riches et aussi dédaigneux, que ceux qu'ils voulaient remplacer ; car tout cela n'était point un roman comme *Télémaque,* mais une chose très réelle, et où l'on ne voyait agir, quelque pompe de style qu'ils affectassent, que des hommes faits comme les autres, c'est-à-dire remplis de passions et d'imperfections.

Parmi ceux à qui ils parlaient, il y en eut qui n'écoutèrent pas ; d'autres qui ne comprirent pas ; d'autres qui pleurèrent plus fort qu'auparavant, des maux qu'ils n'avaient que trop sentis jusque-là, mais sur lesquels alors seulement, ils réfléchirent, se rappelant ceux de la veille, et prévoyant ceux du lendemain. Il y en eut d'autres encore qui, moins mélancoliques et plus fougueux, applaudirent de toutes leurs forces, et se mirent à crier : vous êtes nos libérateurs et nos dieux, soyez nos législateurs et nos chefs ! Quelle joie et même quelle surprise, pour quelques-uns de ces grands hommes de nouvelle date, qui naguère… En même tems on commença à insulter ceux qu'on avait salués bien bas, même ceux dont on avait souvent reçu l'aumône. Ce qu'il y eut de singulier, c'est que, voulant piller quelques maisons, ils en préférèrent cinq ou six qui appartenaient à des gens de leur propre famille, soit vieux respect pour l'autre, soit que ces maisons fussent les meilleures de toutes à piller. Les pauvres pillés, soupçonnés peut-être d'avoir été trop excessivement industrieux, se résignèrent et se cachèrent ; qu'eussent-ils fait, et de qui se fussent-ils appuyés ? Mais dans l'autre famille, excepté quelques enthousiastes, quelques bonnes gens, quelque personnages d'humeur et de fortune à la Catilina, et un infiniment petit nombre de sages, chacun criait à l'injustice, à la violation de tout ce qu'il y avait de sacré, dans l'Isle et dans l'univers. Ils parlaient de leurs services, et ils oubliaient leurs violences ; de leur héroïsme, et ils oubliaient leurs exactions ; de leurs ancêtres, et l'on voyait bien que, malgré la conformité des traits, cheveux, jambes, bras, des besoins, des maladies, malgré l'extrême parité dans la maniéré de naître et de mourir, on voyait, dis-je, qu'ils croyaient bonnement à une distinction venant du ciel, entre les deux familles : à une différence essentielle, intrinsèque, éternelle et s'étendant occultement des pieds jusqu'au cerveau. L'embryon chez eux était déjà *illustre,* et le cadavre était encore *haut et puissant.*

On ne savait ce qui arriverait de ce mélange de droits et de torts, de folie et de raison, d'arguments et de criaillerie, qui se trouvait pêle-mêle dans les deux partis, lorsqu'il s'éleva quelques voix qu'on n'avait pas encore entendues.

– Vous êtes beaucoup plus ambitieux que vous n'êtes justes, dirent-elles aux plus ardents promulgueurs d'idées nouvelles : n'importe ; vous paraissez avoir de l'esprit et du courage, et vous n'êtes plus propres du tout à labourer les champs, outre que vous ne le voudriez plus, quoique, selon vous, ce soit la plus belle et la plus noble chose du monde : mais après le grand bruit que vous vous êtes plu à faire, après le grand mouvement auquel vous vous êtes accoutumés, vous vous ennuieriez dans quelque situation fixe et tranquille que ce pût être ; ne songeons donc qu'à vos descendants ; ce qu'ils vous devront, vous donnera dès aujourd'hui, un relief dont votre amour-propre pourra se contenter.

« Proposez donc qu'un certain nombre d'enfants soient choisis chaque année, parmi leurs concurrents, soit comme écrivant et parlant en plus de langues, et avec plus de bon sens, soit comme ayant commencé d'apprendre avec plus d'intelligence et d'application, ce qu'il faut savoir pour défendre ou attaquer une Isle. Que ces enfants, choisis par quelques chefs de l'autre famille, soient élevés avec leurs enfants, et contractent de bonne heure, leurs grâces, leur bravoure, leur impatience, quelque chose de leur frivolité ; en un mot, qu'ils puissent être absolument confondus avec ces nouveaux camarades, et qu'aussi ils soient employés à toutes les mêmes choses, toute leur vie, et après eux, leur enfants, fussent-ils imbéciles, comme cela se pratique parmi ceux à qui vous portez envie ; et c'est là leur grande prérogative : aussi les voit-on faire très souvent ce qu'ils ne savent pas faire.

« Eh bien ! obtenez le même honneur pour vos petits-enfants, et vous les verrez maris dès le berceau, juges suprêmes avant qu'ils sachent lire, et colonels d'abord qu'ils pourront porter une petite épée au côté; toutes choses qu'alors vous approuverez extrêmement. Et pourquoi en effet y trouver tant à redire ? Ce que dirigent les hommes ne va pas beaucoup mieux, que ce qui est décidé par le hasard.

« Mais vous, continuèrent les voix, vous qui cultivez vos champs, et ne savez ni lire ni écrire, que voulez-vous ?

– Voyez notre maigreur, nos haillons, voyez nos pauvres choux broutés par des lièvres, et vous pourrez vous répondre vous-même, dirent ces pauvres gens.

– Il est vrai, reprirent les voix un peu altérées, que nous aurions pu nous épargner la question. Vous n'enviez donc pas, à d'autres égards, le sort des gens de l'autre famille ?

– Non, dirent-ils, pas beaucoup ; nous en avons vu de si gros et de si pesants, nous en avons vu d'autres qui, bien que jeunes étaient si chauves et si pâles, surtout nous en avons vu de si tristes, que ce n'est pas la peine d'être envieux, ni de ces carrosses où ils bâillent tandis que nous faisons le chemin, ni des autres choses qui les distinguent le plus de nous. N'y en a-t-il pas de beaucoup plus enviables, dont il faut pourtant se passer ? La beauté des belles pour les femmes laides, la vigueur des jeunes pour les vieillards ? Mais on se fait une raison ; et comme on sait qu'on ne peut être tous jeunes à la fois, on sait aussi qu'on ne peut gouverner tous, et cela aussi peu dans un pays, que dans une chaumière ; un peu de pain de plus, et un peu de travail de moins, nous serons contents.

Tout cela fut encore plus mal dit que je ne le rapporte ; mais si ce n'étaient pas là les paroles, c'étaient les impressions.

– J'ai, dit une très pauvre femme, un petit garçon qui a tant d'esprit, et qui est si faible de corps…

– Nous avons déjà songé à lui, reprirent les voix ; recommandez-le à bon compte, au magister, au vicaire, et au curé : peut-être pourra-t-il un jour leur témoigner sa reconnaissance.

Alors les voix se dirigèrent vers l'autre famille.

– Ne voyez-vous pas, leur dirent-elles, que plusieurs de vos prétentions n'ont pas le sens commun ; que vous prenez pour justice éternelle, ce qui n'est que longue habitude ; que votre arrogance, pour être risible, n'en est pas moins odieuse ? Cédez au moins, cédez de bonne grâce, celles de vos prérogatives qui sont encore plus onéreuses pour les autres, que précieuses pour vous : je dis de bonne grâce ; car ils sont les plus nombreux, ils pourraient envahir ce qu'on ne donnerait pas, et cela serait bien fâcheux, non seulement pour vous, mais pour tout le monde. Où en serait-on, si l'habitude de violer la propriété s'établissait ? Après vous avoir ôté ce que vous pouvez avoir de trop, vos provisions faites pour plusieurs années, on arracherait au plus misérable ce qui devait le nourrir demain ou ce soir. C'est à quoi leurs chefs ne pensent pas, ou font semblant de ne pas penser : ils semblent avoir oublié que la révoltante fortune d'un Crésus, n'est pourtant possédée, qu'aux mêmes titres auxquels ils jouissent eux-mêmes, d'une modique propriété. Mais, songez-y, vous qui vous dites éclairés et sages, et qui perdriez le plus, et les premiers à cette confusion. Encore une fois, cédez de bonne grâce, ce que vous ne pouvez et ne devez plus conserver.

– Nous aimons mieux nous battre, et périr s'il le faut, s'écrièrent, surtout, les habitants possesseurs d'un certain cap.

– Comme vous voudrez, reprirent les voix : au lieu de vous prêcher avec humeur et indignation, nous avouerons que cette manière de voir est fort naturelle, puisque mille autres l'ont eue avant vous, et que de tout temps, on a plus cédé à la force qu'à la prudence.

– La prudence nous défend ce que vous conseillez, dirent alors la plupart des membres de cette famille. Si nous cédons quelque chose, on nous demandera chaque jour, quelque nouvelle concession.

– Peut-être, répondirent les voix ; mais où, et quand a-t-on vu un ordre de choses invariable, et fait pour durer toujours ?

– Reculer le bouleversement, c'est tout ce que vous pouvez faire.

– Quoi, nous pourrions trahir notre sang, nos parents, nos ancêtres…

– Oh ! pour ce qui est de cela, M. le Marquis, soyez sans scrupule ; tel de vous croit se liguer avec ses parents, qui en a beaucoup de l'autre côté.

– Quelques frères de père peut-être.

– Son père, bien souvent, dirent les voix, en baissant la voix. »

Nous cessâmes de les entendre, et ne savons ce que deviendront les deux familles divisées.

LETTRES NEUCHÂTELOISES

PREMIÈRE LETTRE

Julianne C. à sa Tante à Boudevilliers

MA CHÈRE TANTE,

J'ai bien reçu votre chère lettre, par laquelle vous me marquez que vous et le cher oncle êtes toujours bien, de quoi Dieu soit loué ! et pour ce qui est de la cousine Jeanne-Marie, elle sera, qu'on dit, bientôt épouse avec le cousin Abram ; et j'en suis, je vous assure, fort aise, l'ayant toujours aimée ; et si ça ne se fait qu'au printemps, nous pourrions bien nous deux la cousine Jeanne-Aimée aller danser à ses noces ; ce que je ferais de bien bon cœur.

Et à présent, ma chère tante, il faut que je vous raconte ce qui m'arriva avant-hier. Nous avions bien travaillé tout le jour autour de la robe de Mlle de la Prise, de façon que nous avons été prêtes de bonne heure, et mes maîtresses m'ont envoyé la reporter ; et moi, comme je descendais en bas le Neubourg, il y avait beaucoup d'écombres, et il passait aussi un Monsieur qui avait l'air bien gentil, qui avait un joli habit. J'avais, avec la robe, encore un paquet sous mon bras, et en me retournant j'ai tout ça laissé tomber, et je suis aussi tombée ; il avait plu et le chemin était glissant : je ne me suis rien faite de mal ; mais la robe a été un petit peu salie : je n'osais pas retourner à la maison, et je pleurais ; car je n'osais pas non plus aller vers la demoiselle avec sa robe salie, et j'avais bien souci de mes maîtresses qui sont déjà souvent assez gringes ; il y avait là des petits bouëbes qui ne faisaient que se moquer de moi. Mais j'eus encore de la chance : car le Monsieur, quand il m'eut aidé à ramasser toutes les briques, voulut venir avec moi pour dire à mes maîtresses que ce n'était pas ma faute. J'étais bien un peu honteuse ; mais j'avais pourtant moins souci que si j'étais allée toute seule. Et le Monsieur a bien dit à mes maîtresses que ce n'était pas ma faute ; en s'en allant il m'a donné un petit écu, pour me consoler, qu'il a dit ; et mes maîtresses ont été tout étonnées qu'un si beau Monsieur eût pris la peine de venir avec moi, et elles n'ont rien dit d'autre tout le soir. Et hier elles ont été bien plus surprises ; car le Monsieur est revenu le soir pour demander si on a bien pu nettoyer la robe : je lui ai dit qu'oui, et qu'aussi je n'avais pas tant craint la demoiselle, qui est une fort bonne demoiselle, et une des plus gentilles de Neuchâtel : voilà, ma chère tante, ce que je voulais vous raconter. C'est encore un bonheur avec un malheur ; car le Monsieur est bien gentil : mais je ne sais pas son nom, ni s'il demeure à Neuchâtel, ne l'ayant jamais vu ; et il se peut bien que je ne le revoie jamais.

Adieu ma chère tante. Saluez bien mon oncle et la cousine Jeanne-Marie et le cousin Abram. La cousine Jeanne-Aimée se porte bien ; elle va toujours à ses journées ; elle vous salue bien.

*Julianne C****

SECONDE LETTRE

Henri Meyer à Godefroy Dorville, à Hambourg.

Neuchâtel ce Octobre 178..

Je suis arrivé ici, il y a trois jours, mon cher ami, à travers un pays tout couvert de vignobles, et par un assez vilain chemin fort étroit et fort embarrassé par des vendangeurs et tout l'attirail des vendanges. On dit que cela est fort gai ; et je l'aurais trouvé ainsi moi-même peut-être, si le temps n'avait été couvert, humide et froid ; de sorte que je n'ai vu que des vendangeuses assez sales et à demi-gelées. Je n'aime pas trop à voir des femmes travailler à la campagne, si ce n'est tout au plus aux foins. Je trouve que c'est dommage des jolies et des jeunes ; j'ai pitié de celles qui ne sont ni l'un ni l'autre, de sorte que le sentiment que j'éprouve n'est jamais agréable ; et l'autre jour dans mon carrosse je me trouvais l'air d'un sot et d'un insolent, en passant au milieu de ces pauvres vendangeuses. Les raisins versés et pressés dans des tonneaux ouverts, qu'on appelle *gerles,* et cahotés sur de petites voitures à quatre roues qu'on appelle *chars,* n'offrent pas non plus un aspect bien ragoûtant. Il faut avouer aussi que je n'étais pas de bien bonne humeur ; je quittais des études qui m'amusaient, des camarades que j'aimais, pour venir au milieu de gens inconnus me vouer à une occupation toute nouvelle pour moi, pour laquelle j'aurai peut-être un talent fort médiocre. Si je t'avais laissé derrière moi, c'eut été bien pis ; mais depuis que tu nous as quittés, je ne me sentais plus d'attache bien forte. Je n'avais donc pas un vif regret, ni aucune grande crainte pour l'avenir ; car l'ami de mon père ne pouvait pas me mal recevoir : mais seulement un peu de mauvaise humeur et de tristesse. Je m'arrête à te peindre la disposition où j'étais, parce qu'elle est encore la même.

Monsieur M. m'a bien reçu : je suis assez bien logé : les apprentis et les commis mes camarades ne me plaisent ni ne me déplaisent : nous mangeons tous ensemble, excepté quand on m'invite chez mon patron, ce qui est arrivé deux fois en quatre jours : tu vois que cela est fort honnête ; mais je m'y amuse aussi peu que je m'y ennuie.

La ville me paraîtra, je crois, assez belle, quand elle sera moins embarrassée, et les rues moins sales. Il y a quelques belles maisons, surtout dans le fauxbourg ; et quand les brouillards permettent au soleil de luire, le lac et les alpes déjà toutes blanches de neige, offrent une belle vue ; ce n'est pourtant pas comme à Genève, à Lausanne, ou à Vevey.

J'ai pris un maître de violon, qui vient tous les jours de deux à trois : car on me permet de ne retourner au comptoir qu'à trois heures ; c'est bien assez d'être assis de huit heures à midi, et de trois à sept ; les jours de grand courrier nous y restons même plus longtemps. Les autres jours je prendrai quelques leçons, soit de musique, soit de dessin ; car je sais assez danser : et après souper je me propose de lire ; car je voudrais bien ne pas perdre le fruit de l'éducation qu'on m'a donnée : je voudrais même entretenir un peu mon latin. On a beau dire que cela est fort inutile pour un Négociant : il me semble que hors de son comptoir un Négociant est comme un autre homme, et qu'on met une grande différence entre ton père et Monsieur **.

On est fort content de mon écriture et de ma facilité à chiffrer. Il me semble qu'on est fort disposé à tenir parole à mon oncle, pour le soin de me faire avancer, autant que possible, dans la connaissance du métier que j'apprends. Il y a une grande différence entre moi et les autres apprentis quant aux choses auxquelles on nous emploie : sans être bien vain, j'ose dire aussi qu'il y en a assez quant à la manière dont on nous a élevés eux et moi. Il n'y en a qu'un dont il me paraisse que c'est dommage de le voir occupé de choses pour lesquelles il ne faut aucune intelligence et qui n'apprennent rien ; il serait fort naturel qu'il devînt jaloux de moi : mais je tâcherai de faire en sorte, par toutes sortes de prévenances, qu'il soit bien aise de m'avoir ici : cela me sera bien aisé. Les autres ne sont que des polissons.

Une chose dont je sais fort bon gré à mon oncle, c'est la manière dont je suis arrangé pour la dépense et pour mon argent. On paie pour moi trente louis de pension, et demi-louis par mois de blanchissage ; on m'a donné dix louis pour mes menus plaisirs, dont on veut que je ne rende aucun compte, avec promesse de m'en donner autant tous les quatre mois. Et quant à mes leçons et mes habits, mon oncle a promis de payer cette première année tous les comptes que je lui enverrai, sans trouver à redire à quoi que ce soit. Il m'a écrit que d'après cet arrangement je pourrais me croire bien riche, et qu'il n'en était rien cependant ; mais qu'il n'avait pas voulu que je fusse gêné, ni que je courusse risque de faire des dettes ou d'emprunter, ou de faire un mystère de mes dépenses, et qu'ainsi je n'avais qu'à aller mon chemin et ne me refuser rien de ce qui me ferait plaisir, après que j'y aurais un peu pensé. Si ma mère et mes autres tuteurs trouvent à redire à mes dépenses, mon oncle les paiera, dit-il, de l'argent destiné à ses menus plaisirs à lui, et ne trouvera pas ce plaisir-là des plus menus qu'il puisse se donner. Me voilà grand Seigneur, mon ami ; dix louis dans ma poche, ma pension largement payée, et une grande liberté pour les dépenses dont je voudrai bien qu'on soit instruit. Adieu cher Godefroy. Je t'écrirai dans une quinzaine de jours. Aime ton ami comme il t'aime.

H. Meyer

TROISIÈME LETTRE

Henri Meyer a Godefroy Dorville

À Neuchâtel ce Nov. 178..

Je commence à trouver Neuchâtel un peu plus joli. Il a gelé : les rues sont sèches : les Messieurs, je veux dire les gens qu'on salue respectueusement dans les rues, et que j'entends nommer en passant M. le Conseiller, M. le Maire, M. le ***, n'ont plus l'air aussi soucieux et sont un peu mieux habillés que pendant les vendanges. Je ne sais pourquoi cela me fait plaisir ; car dans le fond rien n'est si égal. J'ai vu de jolies servantes ou ouvrières dans les rues, et de petites demoiselles fort bien mises et fort lestes ; il me semble que presque tout le monde à Neuchâtel a de la grâce et de la légèreté : je n'y vois pas d'aussi belles personnes qu'à… mais on y est joli ; les petites filles sont un peu maigres et un peu brunes pour la plupart. On m'a dit que je verrais bien autre chose au concert. Il doit commencer le premier lundi de Décembre : je souscrirai certainement : j'y verrai peut-être jouer la comédie par des Dames ; ce qui me paraîtra d'abord bien extraordinaire. Il y a aussi des bals tous les quinze jours ; mais ils sont composés de quelques sociétés rassemblées, et on ne reçoit pas les commis et les apprentis des comptoirs dans les sociétés : en quoi on a bien raison, à ce qu'il me semble ; car ce serait une cohue de polissons. S'il y a quelques exceptions, cela n'empêche pas que la règle ne soit bonne ; et si l'on ne fait aucune distinction, personne n'a droit de se plaindre ; c'est ce que je dis à quelques-uns de mes camarades, qui trouvent très mauvais qu'on les exclue, quoiqu'en vérité ils ne soient point propres du tout à être reçus en bonne compagnie. Pour moi, cela m'est assez égal ; mais j'espère qu'on me laissera jouer au concert ; et il est déjà arrangé entre mon camarade Monin qui joue de la basse, M. Neuss et moi, que nous ferons un petit concert les dimanches : mon maître de violon en sera ; il nous dirigera, et jouera de l'Alte ; et il ne demande, dit-il, pour son paiement qu'une bouteille de vin rouge : il aime un peu à boire, et sait bien lui-même qu'il vaut mieux boire une bouteille chez son écolier que risquer d'en boire plusieurs au cabaret, de s'y enivrer et de retourner en cet état chez sa femme. Ces Musiciens dégoûteraient presque de la musique ; mais il faut tâcher de ne prendre d'eux que leur art, et n'avoir aucune société avec eux. Je lis fort bien la musique, et je tire assez de son de mon violon ; mais je ne serai jamais fort pour les grandes difficultés ni les grandes délicatesses.

Une chose m'a frappé ici. Il y a deux ou trois noms que j'entends prononcer sans cesse. Mon cordonnier, mon perruquier, un petit garçon qui fait mes commissions, un gros marchand, portent tous le même nom ; c'est aussi celui de deux tailleuses, avec qui le hasard m'a fait faire connaissance, d'un officier fort élégant qui demeure vis-à-vis de mon patron, et d'un ministre que j'ai entendu prêcher ce matin : hier je rencontrai une belle Dame bien parée ; je demandai son nom, c'était encore le même. Il y a un autre nom qui est commun à un maçon, à un tonnelier, à un Conseiller d'État. J'ai demandé à mon patron si tous ces gens-là étaient parents ; il m'a répondu que oui en quelque sorte : cela m'a fait plaisir. Il est sûrement agréable de travailler pour ses parents, quand on est pauvre, et de donner à travailler à ses parents, quand on est riche. Il ne doit point y avoir entre ces gens-là la même hauteur, ni la même triste humilité que j'ai vue ailleurs.

Il y a bien quelques familles qui ne sont pas si nombreuses ; mais quand on me nommait les gens de ces familles-là, on me disait presque toujours : c'est Madame une telle, fille de Monsieur un tel (d'une de ces nombreuses familles) ou c'est Monsieur un tel, beau-frère d'un tel (aussi d'une des nombreuses familles) de sorte qu'il me semble que tous les Neuchâtelois sont parents ; et il n'est pas bien étonnant qu'ils ne fassent pas de grandes façons les uns avec les autres, et s'habillent comme je les ai vus dans le temps des vendanges, lorsque leurs gros souliers, leurs bas de laine et leurs mouchoirs de soie autour du cou m'ont si fort frappé.

J'ai pourtant entendu parler de noblesse : mais mon patron m'a dit un jour, à propos de la fierté de notre noblesse allemande, qu'il n'en était pas plus fier depuis deux ans qu'il avait ses lettres, et que, quoiqu'il mît *de* devant son nom, il *n'y attachait rien,* (c'est son expression que je n'ai pas bien entendue) et qu'il n'avait pris le parti de changer sa signature que pour faire plaisir à sa femme et à ses sœurs. Adieu, mon cher Godefroy, voilà mon camarade favori qui vient me demander du thé : je cours chercher mon maître et M. Neuss : nous ferons de la musique. Je comptais que nous ne commencerions que dimanche prochain, et je suis fort aise de commencer dès ce soir. Adieu, je t'embrasse : écris-moi, je t'en prie.

H. Meyer

Lundi au soir à 8 heures

P. S. Si ces Messieurs n'étaient pas venus hier, je t'aurais parlé de la foire et des Armoureins : je voudrais que cette cérémonie signifiât quelque chose ; car elle a une solennité qui m'a plu. Mais on n'a pas su me dire jusqu'ici son origine, ni ce qu'elle doit signifier. J'ai bien travaillé ce soir : je tâche de reconnaître, en montrant toute la bonne volonté possible, les bontés que l'on a pour moi.

QUATRIÈME LETTRE

Henry Meyer à Godefroy Dorville

à Neuchâtel ce Déc. 178..

Je te remercie, mon cher ami, de ta longue lettre ; elle m'a fait le plus grand plaisir… oui, je crois que c'est le plus grand ; et sûrement c'est celui dont j'ai été le plus content après coup, que j'aie eu depuis que je suis ici. Tu dois trouver ces phrases un peu embrouillées : il est naturel qu'elles le soient, car mes pensées le sont. Il y a des choses que je trouverais ridicule, et presque mal, de te dire ; mais, d'un autre côté, je ne voudrais pas qu'il y eût la moindre fausseté, ni même la moindre exagération dans ce que je te dis. Si une fois l'on commence à manquer de sincérité, et cela sans une grande nécessité, on ne sait plus, à ce qu'il me semble, où l'on s'arrêtera ; car il faut qu'il en ait peu coûté pour mentir, et chaque jour l'habitude rendra cela plus facile. Et alors que deviendra l'honneur, la confiance que l'on veut inspirer ; en un mot, tout ce que nous estimons ? Voilà presque un sermon. Quand on n'est pas trop content de soi à certains égards, on veut du moins l'être à d'autres.

Pour en revenir à ta lettre, je trouve que tu mènes une vie fort agréable. Excepté les caprices de ta belle-sœur ; je n'y vois rien que je voulusse changer. Il faudra bien te garder de faire la cour à cette petite fille, toute riche qu'elle est. Puisqu'elle ressemble à sa sœur pour la figure et le son de voix, elle lui ressemblera, je pense, en toutes choses, quand elle osera se montrer comme elle est ; et tu ne serais peut-être pas aussi endurant que ton frère.

J'ai été lundi dernier au concert, et grâce à M. Neuss on m'a permis de jouer : j'étais si attentif à jouer ma partie, que je n'ai rien vu de tout ce qui était dans la salle jusqu'à ce que j'aie entendu nommer Mlle Marianne de la Prise, dont, par le plus grand hasard du monde, j'avais entendu faire l'éloge peu de jours après mon arrivée à Neuchâtel. Ce nom m'a fait je ne sais quelle espèce de plaisir ; et je regardais de tous côtés pour voir à quel propos on l'avait prononcé, quand j'ai vu monter à l'orchestre une jeune personne assez grande, fort mince, très bien mise, quoique fort simplement. J'ai reconnu sa robe pour être la même que j'avais relevée un jour de dessus un pavé boueux le plus délicatement qu'il m'avait été possible. C'est une longue histoire que je te raconterai peut-être quelque jour, si elle a des suites ; ce qui, j'espère, n'arrivera pas : surtout à présent je l'espère.

Mais pour revenir à Mlle de la Prise qui monte à l'orchestre, quoiqu'il fût très simple qu'elle portât son nom et qu'elle eût mis la robe que je savais lui appartenir, je trouvais quelque chose de si singulier à ce qu'elle vînt chanter tout à côté de moi, et que je dusse l'accompagner, que je la regardais marcher et s'arrêter, prendre sa musique ; je la regardais, dis-je, avec un air si extraordinaire, à ce que l'on m'a dit depuis, que je ne doute pas que ce ne fût cela qui la fit rougir ; car je la vis rougir jusqu'aux yeux : elle laissa tomber sa musique, sans que j'eusse l'esprit de la relever ; et quand il fut question de prendre mon violon, il fallut que mon voisin me tirât par la manche : jamais je n'ai été si sot, ni si fâché de l'avoir été : je rougis toutes les fois que j'y pense, et je t'aurais écrit le soir même mon chagrin, s'il n'eût mieux valu employer une heure qui me resta entre le concert et le départ du courrier, à aider nos Messieurs à expédier nos lettres.

Mlle de la Prise chante très joliment : mais elle a peu de voix, et je suis sûr qu'on ne l'aurait point entendue à l'autre bout de la salle, quand même on y aurait fait moins de bruit. J'étais choqué qu'on ne l'écoutât pas ; mais presque bien aise de penser qu'on l'entendît si peu. J'aurais bien voulu oser lui donner la main pour la reconduire à sa place ; et sûrement je l'aurais fait, sans la confusion où j'étais de ma distraction et de ma maladresse. Je craignais de faire encore quelque sottise. Peut-être aurais-je fait un faux pas en descendant le petit escalier et l'aurais-je fait tomber : je frémis quand j'y pense. Certainement je fis très bien de rester à ma place. Les symphonies que nous jouâmes, me remirent un peu ; mais je n'écoutai plus aucune chanteuse. Il me semble pourtant qu'il y en avait une qui avait la voix bien plus forte et bien plus belle que Mlle de la Prise ; mais je ne sais pas qui elle est, et ne l'ai pas regardée. Adieu, mon ami, voilà mon maître de violon, et ce soir c'est un grand courrier ; de sorte que n'ajouterai plus rien à cette lettre.

Puisqu'on me permet d'aller au concert le lundi, il faut bien travailler le jeudi : mais je m'arrangerai quelque récréation pour le vendredi, qui est le seul jour de la semaine où il n'arrive ni ne parte aucun courrier. Je suis déjà tout accoutumé à Neuchâtel et à la vie que j'y mène.

H. Meyer

CINQUIÈME LETTRE

Julianne C. à sa tante à Boudevilliers

178..

MA CHÈRE TANTE,

Vous allez être un peu surprise ; mais je vous assure que ce n'est pas ma faute : et je suis sûre que sans la Marie Besson, qui a méchante langue, quoiqu'elle pût bien se taire, car sa sœur et elles ont toujours eu une petite conduite, tout cela ne serait pas arrivé. Vous savez bien ce que je vous ai écrit de la robe de Mlle Marianne de la Prise, qui tomba dans la boue, et comment un Monsieur m'aida à la ramasser et voulut venir avec moi vers mes maîtresses : et je vous ai dit aussi qu'il m'avait donné un petit écu, dont la Marie Besson a bien eu tant à dire ! et je vous ai aussi dit que le lendemain il vint demander si on avait bien pu nettoyer la robe, et on avait fort bien pu la nettoyer, et mêmement mes maîtresses avaient fait un pli où ça avait été sali, que Mlle de la Prise avait trouvé qui allait fort bien : car je lui avais raconté toute l'histoire, et elle n'avait fait qu'en rire, et m'avait demandé le nom du Monsieur ; mais je ne le savais pas. Et quand j'eus tout cela raconté au Monsieur, et comment Mlle de la Prise était une bien bonne demoiselle, il me demanda d'où j'étais, et combien je gagnais, et si j'aimais ma profession. Et quand ensuite il voulut s'en aller, je sortis pour lui ouvrir la porte, et en passant il mit un gros écu dans ma main : je crois bien qu'il me serra la main, ou qu'il m'embrassa. Et quand je rentrai dans la chambre, l'une de mes maîtresses et la Marie Besson se mirent à me regarder, et je dis à la Marie : *qu'avez-vous donc tant à me regarder* ? et ma maîtresse me dit : *et toi, pourquoi deviens-tu si rouge ? et quel mal te fait-on en te regardant* ? et moi je dis : *hé bien, à la garde ?* et je me mis à travailler, à moitié aise et à moitié fâchée. Et le lendemain, comme nous étions en journée, je courus à fière aube chez la Jeanne-Aimée pour tout ça lui dire, et nous jaublâmes ensemble que j'achèterais de mes trois petits écus un mouchoir de gaze, et un pierrot de gaze avec un grand fond, et un ruban rouge pour mettre avec. Et le dimanche en allant à l'église, je rencontrai le Monsieur, qui ne me reconnut presque pas, à cause de ma coiffe et de mon mouchoir ; c'est qu'il ne m'avait vue que des jours sur semaine. Et plusieurs jeunes Messieurs du comptoir de Monsieur… dirent que j'étais bien jolie, et ne dirent rien de la Marie Besson, qui était déjà bien gringe, et que cela engringea encore plus ; et tout le jour elle ne voulut plus me tutoyer, et ne m'appela plus que Mademoiselle. Mais ç'a été bien pire le jeudi ; car on m'avait laissée toute seule à la maison pour finir de l'ouvrage : et à midi j'allai donner un tour sur la foire, et je m'arrêtai devant une boutique, où le Monsieur était entré un moment avant ; et la Jeanne-Aimée et moi, nous mîmes à regarder des croix d'or que nous trouvions bien belles ; et le Monsieur qui vit ça, nous en donna à chacune une : c'était à cause de moi qu'il en donnait une à la Jeanne-Aimée ; car il ne la connaissait pas ; et la mienne était aussi un peu plus belle. Et je retournai vite à la maison, parce que je vis de loin une des demoiselles chez qui mes maîtresses étaient en journée, et je laissai ma croix à la Jeanne-Aimée pour y mettre un ruban, et elle me la rapporta le soir. Et comme je l'essayais à mon cou, ne voilà-t-il pas que mes maîtresses reviennent plutôt que je ne croyais. Elles me tinrent un train terrible : elles dirent que j'étais une coureuse, et que je quittais mon ouvrage pour courir chez les Messieurs, puisque j'attrapais de si beaux présents. Et la Marie Besson, à la place d'y mettre le bien, y mit le mal tant qu'elle put : et une de mes maîtresses me dit tant, qu'il ne lui convenait pas d'avoir une coureuse chez elle, qu'à la fin je lui dis que je m'en irais donc tout-de-suite ; et je fis mon paquet, et je m'en allais coucher avec la Jeanne-Aimée. Et le lendemain j'ai loué une petite chambre chez un cordonnier, qui est le cousin de la tante de la Jeanne-Aimée, et je fais mon ménage. Je sais assez travailler, Dieu merci, pour gagner ma vie ; et j'ai déjà à faire deux jupes et trois mantelets pour les servantes d'une des pratiques de mes maîtresses, qui disent que ce n'est pas tant grand chose que de recevoir des présents d'un Monsieur ; et je connais aussi les filles de boutique d'une marchande de modes qui auront sûrement des déshabillés et des peguêches à faire ; car elles sont bien jolies, et je suis sûre que les Messieurs leur font de bien beaux présents ; et si je manquais d'argent pour acheter du bois et m'acheter un peu de chandelles, de beurre cuit, et d'autres choses ainsi, je rencontrerai bien encore une fois le Monsieur qui ne me laissera pas manquer, comme c'est à cause de lui qu'il m'a fallu sortir de chez mes maîtresses. Il pourrait bien aussi me venir voir ici ; car il n'est pas fier. Adieu ma chère tante : je vous salue bien ; saluez tout le monde chez vous de ma part.

J. C...

SIXIÈME LETTRE

Julianne C… à Henri Meyer

MONSIEUR,

J'espère que Monsieur excusera la liberté que je prends de lui écrire ces mots, puisque je n'ai pas pu le rencontrer dans les rues pour lui parler, quand je suis sortie pour cela, comme j'en avais l'intention ; et puis je pense aussi que Monsieur ne serait peut-être pas bien aise si je prenais la hardiesse de lui parler le jour devant tout le monde ; et le soir il ne conviendrait pas à une brave fille de courir toute seule par les rues. Mais j'aurais dit à Monsieur, comme quoi je suis sortie de chez mes maîtresses, qui m'ont appelée une coureuse, et cela rien pour la croix que Monsieur m'avait donnée : ce n'est pas que je demande rien à Monsieur, car je ne suis pas dans la misère ; mais le bois est bien cher, et l'hiver sera encore bien long, et les fenêtres de ma chambre sont si mauvaises que je ne puis presque pas travailler du froid que j'ai aux mains. Le cordonnier chez qui je suis, demeure tout au bas de la rue des Chavannes.

J'ai l'honneur d'être, Monsieur, votre très humble et très affectionnée servante,

*Julianne C ****

SEPTIÈME LETTRE

Henri Meyer à Julianne C…

MADEMOISELLE,

Après ce qui s'est passé hier, dont vous êtes sûrement encore plus fâchée que moi, il est bien clair qu'il ne vous convient pas de recevoir mes visites : je vous conseille de tâcher de vous remettre bien avec vos maîtresses ; vous pouvez les assurer qu'elles n'entendront plus parler de moi. J'oubliai hier de vous donner le louis que je vous apportais pour acheter du bois, et vous mieux arranger dans votre chambre, supposé que vous y restiez ; mais je crois que vous n'y devez pas rester. J'ajoute un louis à celui que je vous destinais, en vous priant instamment pour l'amour de vous-même, de commencer par payer le mois entier de votre logement, et de retourner ensuite chez vos maîtresses, ou bien chez vos parents dans votre village.

Je suis, Mademoiselle, votre très humble serviteur,

H. Meyer

HUITIÈME LETTRE

Henri Meyer à Julianne C…

MADEMOISELLE,

Je crains qu'on ne vous ait vu sortir de chez moi, et j'en suis très fâché pour l'amour de vous, et aussi pour l'amour de moi-même. Il n'est pas bien étonnant que je me sois laissé toucher par vos larmes : cependant je me reproche beaucoup ma faiblesse ; et en bien repensant à votre conduite, je n'y vois pas des preuves d'une préférence si grande qu'elle m'excuse à mes propres yeux. Je vous prie de ne plus venir ici : j'ai dit au domestique qui vous a vu sortir, que si vous reveniez, il ne fallait pas vous recevoir. Je suis très résolu à n'aller plus chez vous, de sorte que vous pouvez regarder notre connaissance comme tout-à-fait finie.

H. Meyer

NEUVIÈME LETTRE

Henri Meyer à Godefroy Dorville

À Neuchâtel ce premier Janvier 178..

Je me suis bien ennuyé aujourd'hui, mon cher ami. Mon patron a eu la bonté de me faire inviter à un grand dîner, où l'on a plus mangé que je n'ai vu manger de ma vie, où l'on a goûté et bu de vingt sortes de vins. Bien des gens se sont à demi grisés, et n'en étaient pas plus gais : trois ou quatre jeunes Demoiselles chuchotaient entr'elles d'un air malin, trouvaient fort étrange que je leur parlasse, et ne me répondaient presque pas : toute leur bonne volonté était réservée pour deux jeunes Officiers ; les sourires et les éclats de rire étaient tous relatifs à quelque chose qui s'était dit auparavant, et dont je n'avais pas la clé : je doutais même quelquefois que ces jolies rieuses s'entendissent elles-mêmes ; car elles avaient plutôt l'air de rire pour la bonne grâce que par gaieté. Il me semble qu'on ne rit guère ici ; et je doute qu'on y pleure, si ce n'est aussi pour la bonne grâce. Tu vois que je suis de fort mauvaise humeur ; mais c'est que réellement je suis excédé de toutes les minauderies que j'ai vues et de tout le vin de Neuchâtel qui a passé devant moi. C'est une terrible chose que ce vin ! Pendant six semaines je n'ai pas vu deux personnes ensemble qui ne parlassent de la vente ; il serait trop long de t'expliquer ce que c'est, et je t'ennuierais autant que l'on m'a ennuyé. Il suffit de te dire que la moitié du pays trouve trop haut ce que l'autre trouve trop bas, selon l'intérêt que chacun peut y avoir ; et aujourd'hui on a discuté la chose à neuf, quoiqu'elle soit décidée depuis trois semaines. Pour moi, si je fais mon métier de gagner de l'argent, je tâcherai de n'entretenir personne du vif désir que j'aurai d'y réussir ; car c'est un dégoûtant entretien.

Un seul moment du dîner a été intéressant pour moi ; mais d'une manière pénible. Une des jeunes Demoiselles a parlé de Mlle de la Prise. Elle ne comprenait pas comment, disait-elle, avec si peu de voix, on pouvait s'aviser de chanter au concert. Sa jolie figure, a dit un des jeunes hommes, compense tout. – Jolie figure ! a dit une des petites filles ; comme ça !... Mais à propos, il faut bien qu'elle soit jolie ; car elle donne, dit-on, d'étranges distractions. Tu comprends combien j'étais à mon aise.

Depuis ce moment je n'ai plus ouvert la bouche. Quand mes voisins, dans leur désœuvrement, m'ont adressé quelques questions, je leur ai répondu par le oui et le non le plus sec ; et au moment où on s'est levé de table, j'ai couru chez moi pour exhaler avec toi ma mauvaise humeur. Puissent les autres jours de cette année ne ressembler en rien à ce premier ! puissent tous les tiens pendant cette année être doux, agréables, innocents ! Ce jour-ci a pour moi une solennité lugubre. Je me suis demandé ce que j'avais fait de l'année qui finit ; je me suis comparé à ce que j'étais il y a un an, et il s'en faut bien que mes réflexions m'aient égayé. Je pleure ; je suis inquiet : une nouvelle époque de ma vie a commencé : je ne sais comment je m'en tirerai, ni comment elle finira. Adieu, mon ami.

H. Meyer

DIXIÈME LETTRE

Henri Meyer à Godefroy Dorville

À Neuchâtel ce 20 Janvier 178..

J'ai bien des choses à te dire, mon cher Godefroy ; et il y a un étrange chaos dans ma tête. D'abord il faut te dire qu'on m'apporta, il y a trois jours, deux billets pour le bal : l'un me fut donné le matin, et l'autre le soir, sans que je susse à qui j'en avais l'obligation. Au moment que l'on m'apporta le second, j'étais avec celui de mes camarades, qui est vraiment mon camarade et le seul qui le soit. *Ah ! je suis bien aise,* m'écriai-je ; *j'en ai déjà un, je vous donnerai celui-ci ;* et en même temps je le lui donnai. Cela ne fut pas plutôt fait, que je sentis que c'était une étourderie : ces billets m'étaient destinés à moi, et il était douteux que j'eusse le droit d'en disposer. Mais comment revenir en arrière ? comment dire à mon camarade, transporté d'aise, qu'il fallait me rendre le billet jusqu'à ce que j'eusse pris des informations ? jamais je ne l'aurais pu ; et après tout, quel grand mal pouvait-il résulter de mon imprudence ? Mon camarade est un joli garçon, fort honnête et bien meilleur danseur que moi. Je résolus donc de prendre sur moi tous les inconvénients de l'affaire, et de les soutenir courageusement. Là-dessus je fis deux ou trois entrechats, et je sortis de la maison, de peur que mes doutes ne me reprissent, et que mon ami ne s'en aperçût.

Hier vendredi fut le jour attendu, redouté, désiré ; et nous nous acheminons vers la salle, lui fort content et moi un peu mal à mon aise. L'affaire du billet n'était pas la seule chose qui me tînt l'esprit en suspens : je pensais bien que Mlle de la Prise serait au bal, et je me demandais s'il fallait la saluer et de quel air ; si je devais lui parler, si je pouvais la prier de danser avec moi : le cœur me battait ; j'avais sa figure et sa robe devant les yeux, et quand en effet, en entrant dans la salle, je la vis assise sur un banc près de la porte, à peine la vis-je plus distinctement que je n'avais vu son image. Mais je n'hésitai plus, et sans réfléchir, sans rien craindre, j'allai droit à elle, lui parlai du concert, de son ariette, d'autres choses encore ; et sans m'embarrasser des grands yeux curieux et étonnés d'une de ses compagnes, je la priai de me faire l'honneur de danser avec moi la première contre-danse. Elle me dit qu'elle était engagée : *hé bien ! la seconde. – Je suis engagée : la troisième ? – Je suis engagée. La quatrième ? la cinquième ? Je ne me lasserai point,* lui dis-je en riant. *Cela serait bien éloigné,* me répondit-elle ; *il est déjà tard, on va bientôt commencer. Si le Comte Max, avec qui je dois danser la première, ne vient pas avant qu'on commence, je la danserai avec vous, si vous le voulez.* Je la remerciai ; et dans le même moment une Dame vient à moi, et me dit : *Ha, M. Meyer, vous avez reçu mon billet ?... Oui, Madame,* lui dis-je ; *j'ai bien des remerciements à vous faire, j'ai même reçu deux billets, et j'en ai donné un à M. Monin. – Comment ?* dit la Dame, *un billet envoyé pour vous !... ce n'était pas l'intention, et cela n'est pas dans l'ordre. – J'ai bien craint, après coup, Madame, que je n'eusse eu tort,* lui répondis-je ; *mais il était trop tard, et j'aurais mieux aimé ne point venir ici, quelque envie que j'en eusse, que de reprendre le billet et de venir sans mon ami. Pour lui, il ne s'est point douté du tout que j'eusse commis une faute, et il est venu avec moi dans la plus grande sécurité. – Oh bien,* dit la Dame, *il n'y a point de mal pour une fois. – Oui,* ajoutai-je, *Madame. Si on est mécontent de nous, on ne nous invitera plus ; mais si on veut bien encore que l'un de nous revienne, je me flatte que ce ne sera pas sans l'autre.* Là-dessus elle m'a quitté, en jettent de loin sur mon camarade un regard d'examen et de protection. Je *tâcherai de danser une contre-danse avec votre ami,* m'a dit Mlle de la Prise, d'un air qui m'a enchanté ; et puis, voyant que l'on s'arrangeait pour la contre-danse, et que le Comte Max n'était pas encore arrivé, elle m'a présenté sa main avec une grâce charmante, et nous avons pris notre place. Nous étions arrivés au haut de la contre-danse, et nous allions commencer, quand Mlle de la Prise s'est écriée : *ha, voilà le Comte !* c'était lui en effet, et il s'est approché de nous d'un air chagrin et mortifié. Je suis allé à lui. Je lui ai dit : *M. le Comte, Mademoiselle ne m'a permis de danser avec elle qu'à votre défaut. Elle trouvera bon, j'en suis sûr, que je vous rende votre place ; et peut-être aura-t-elle la bonté de me dédommager. – Non Monsieur,* a dit le Comte, *vous êtes trop honnête, et cela n'est pas juste : je suis impardonnable de m'être fait attendre. Je suis bien puni ; mais je l'ai mérité.* Mlle de la Prise a paru également contente du Comte et de moi : elle lui a promis la quatrième contredanse, et à moi, la cinquième pour mon ami, et la sixième pour moi-même. J'étais bien content : jamais je n'ai dansé avec tant de plaisir. La danse était pour moi, dans ce moment, une chose toute nouvelle : je lui trouvai un *meaning,* un esprit, que je ne lui avais jamais trouvé : j'aurais volontiers rendu grâce à son inventeur : je pensais qu'il devait avoir eu de l'âme, et une Demoiselle de la Prise avec qui danser. C'étaient, sans doute, de jeunes filles comme celle-ci qui ont donné l'idée des Muses.

Mlle de la Prise danse gaiement, légèrement et décemment. J'ai vu ici d'autres jeunes filles danser avec encore plus de grâce, et quelques-unes avec encore plus de perfection ; mais point qui, à tout prendre, danse aussi agréablement. On en peut dire autant de sa figure : il y en a de plus belles, de plus éclatantes, mais aucune qui plaise comme la sienne ; il me semble, à voir comme on la regarde, que tous les hommes sont de mon avis. Ce qui me surprend, c'est l'espèce de confiance et même de gaieté qu'elle m'inspire. Il me semblait quelquefois à ce bal que nous étions d'anciennes connaissances : je me demandais quelquefois si nous ne nous étions point vus étant enfants ; il me semblait qu'elle pensait les mêmes choses que moi, et je m'attendais à ce qu'elle allait dire. Tant que je serais content de moi, je voudrais avoir Mlle de la Prise pour témoin de toutes mes actions : mais quand j'en serais mécontent, ma honte et mon chagrin seraient doubles, si elle était au fait de ce que je me reproche. Il y a certaines choses dans ma conduite qui me déplaisaient assez avant le bal, mais qui me déplaisent bien plus depuis. Je souhaite qu'elle les ignore ; je souhaite surtout que son idée ne me quitte plus, et me préserve de rechute. Ce serait un joli ange tutélaire, surtout si on pouvait l'intéresser.

J'ai fait connaissance avec le Comte Maximilien de R***. Il est Alsacien, protestant, d'une famille ancienne et illustre. Il est ici avec son frère, qui est son aîné, et qui sera fort riche. Ils ont un précepteur que je n'ai point encore vu. Tous deux sont au service, et déjà fort avancés. Ils sont venus ici pour finir leur éducation. Mais le Comte Max, comme on l'appelle, m'a dit qu'il n'avait point trouvé, pour la littérature et les beaux arts, les secours qu'on lui avait fait espérer. *Mais, Monsieur le Comte,* a dit un homme qui était assis à côté de nous et qui n'avait pas paru nous écouter ; *comment a-t-on pu vous envoyer à Neuchâtel pour les choses que vous aviez envie d'apprendre ? Nous avons des talents ; mais pas les moindres lumières : nos femmes jouent joliment la comédie ; mais elles n'ont jamais lu que celles qu'elles voulaient jouer : personne de nous ne sait l'orthographe : nos sermons sont barbares : nos avocats parlent patois : nos édifices publics n'ont pas le sens* *commun : nos campagnes sont absurdes… N'avez-vous pas vu de petits bassins d'eau à côté du lac ? Nous sommes encore plus légers, plus frivoles, plus ignorants que…* Dans ce moment Mlle de la Prise est venue avertir le Comte que sa contre-danse allait commencer : je me suis levé pour le suivre ; nous avons, tous les deux, salué notre caustique informateur : son fiel et ses exagérations m'ont fait rire.

Pendant que le Comte et Mlle de la Prise dansaient leur contre-danse, la Dame qui m'avait d'abord parlé s'est approchée de moi, m'a demandé d'où j'étais, et qui j'étais. J'ai répondu que j'étais le fils d'un Marchand d'Augsbourg. *D'un Négociant,* m'a-t-elle dit. – *Non Madame,* ai-je repris, (et j'ai senti que je rougissais) *d'un Marchand. Je sais bien la différence. Mon oncle, frère de ma mère, est un riche Négociant.* La Dame voulait apparemment être polie ; mais assurément ce n'était pas l'être que de montrer assez de mépris pour ce qu'était mon père, pour se croire obligée de le supposer ce qu'il n'était pas. Elle m'a demandé où j'avais appris le français. Je lui ai dit que c'était en France. Elle m'a demandé des détails sur la pension de R… ; et sur ce que je lui ai dit que j'avais passé quelque temps à Genève chez un Ministre, ami de mes parents, pour me faire instruire et recevoir à la Communion ; elle m'a parlé des Représentants et des Négatifs. La fin de la contre-danse nous a de nouveau interrompus, et j'en ai été bien aise : comment parler d'une chose où l'on n'entend rien ?

Après avoir dansé avec Mlle de la Prise la sixième contre-danse avec encore plus de plaisir que la première, parce que je ne prenais la place de personne, j'ai voulu m'en aller. J'étais content ; et il s'était passé bien assez de choses dans ma tête pour un seul jour. Je me suis pourtant arrêté pour saluer la Dame qui m'avait parlé. Elle parlait avec d'autres assez vivement : j'ai entendu mon nom, le mot *d'énergie,* le mot *d'amitié*. Enfin, elle est venue à moi avec une autre Dame, qui avait l'air fort grave et fort doux ; et elles m'ont dit que je serais reçu au bal aussi bien que mon ami. Je le suis allé chercher aussitôt. Nous avons beaucoup remercié ces Dames, et nous nous sommes retirés. Mlle de la Prise dansait alors avec le frère aîné du Comte Max.

Adieu, mon ami. Quand j'appelle Monin mon ami, le mot *ami* signifie toute autre chose que quand je dis mon ami Godefroy Dorville. Monin est un joli garçon que j'oblige, qui me rend la vie agréable, et qui mérite d'être distingué de ses maussades compagnons qui mettent tout leur plaisir à se faire de petites niches, et cherchent bien moins à se procurer des succès pour eux-mêmes que des mortifications pour autrui. Dans leurs maussades combats de finesse, l'attrapé me paraît toujours un peu moins sot que l'attrapeur.

H. Meyer

ONZIÈME LETTRE

Mlle de la Prise à Mlle de Ville

À Neuchâtel ce…

Voici, ma chère Eugénie, l'hiver qui recommence ; un second hiver de dissipation, d'étourdissement, que je passerai sans amie, et vraisemblablement sans plaisir. Il y a un an que je te regrettais bien autant qu'aujourd'hui. Mais le monde que je ne connaissais pas encore, me promettait des compensations, et il ne me les a pas données : je croyais entrevoir en lui des charmes qui se sont évanouis dès que j'en ai fait partie moi-même. J'aurais pourtant besoin de m'amuser. Mon père n'a pu se remettre de sa dernière attaque de goutte : ma mère est mécontente de notre logement, de nos domestiques, de tout ce qui l'environne ; elle s'est brouillée avec la sœur de mon père, avec mes cousines. De part et d'autre les petits torts s'accumulent tous les jours, et semblent devenir plus graves chaque fois qu'on s'en plaint. C'est la plus triste chose du monde. Il a fallu vendre une petite campagne que nous avions au Val de Travers ; et nos vignes d'Auvernier n'ont presque rien produit, faute d'engrais et de culture. Mon père prend son parti sur tout cela avec un courage admirable ; il m'a obligée à souscrire au bal, à me faire deux robes neuves, et à reprendre mes maîtres : il m'ordonne presque aussi de me divertir et d'être gaie, et je lui obéirai du mieux qu'il me sera possible. La tendresse de mon père et la liberté dont il veut que je jouisse, sont assurément les seules choses qui rendent ma situation supportable. Mais mon père est si faible ! ses jambes sont toujours enflées ; tu ne le reconnaîtrais presque pas.

Et toi, que fais-tu ? passeras-tu ton hiver à Marseille ou à la campagne ? songe-t-on à te marier ? as-tu appris à te passer de moi ? Pour moi, je ne sais que faire de mon cœur. Quand il m'arrive d'exprimer ce que je sens, ce que j'exige de moi, ou des autres, ce que je désire, ce que je pense, personne ne m'entend ; je n'intéresse personne. Avec toi tout avait vie ; et sans toi tout me semble mort. Il faut que les autres n'aient pas le même besoin que moi : car si on cherchait un cœur, on trouverait le mien. Ne crois pas cependant que j'aie toujours autant de tristesse et aussi peu de courage que dans cet instant. Ma mère a renvoyé ce matin une ancienne servante qui nous servait depuis dix ans : j'ai voulu t'écrire pour me distraire, mais je n'aurai réussi qu'à t'attrister.

Le concert ne commence que dans un mois, et les assemblées ne commenceront qu'après le nouvel an. Nous avons deux Comtes allemands qu'on dit être fort aimables. En attendant que nos sociétés commencent, je passe mes soirées à ourler des serviettes et à jouer au piquet avec mon père. Il veut que je chante au concert : cela ne fera de mal ni de bien à personne ; car on ne m'entendra pas. Mais j'ai achevé de devenir cet été une fort passable musicienne, et j'accompagne de la harpe aussi bien que du clavecin ; mais je ne fais aussi qu'accompagner : quant aux pièces, jamais je ne serai assez habile pour me satisfaire. Mlle **** se marie dans quinze jours : tu as vu commencer ses amours ; elles ont été tièdes et constantes : je crois que ce mariage ira assez bien ; ils s'aimeront faute de rien aimer d'autre. Je vois quelquefois l'aînée de mes cousines malgré la brouillerie ; c'est une bonne fille, gaie et sensée ; mais sa sœur est un petit esprit. Adieu, mon Eugénie ; je t'écrirai quelque jour une moins plate et moins triste lettre.

Marianne de la Prise

DOUZIÈME LETTRE

Mlle de la Prise à Mlle de Ville

À Neuchâtel ce Janvier 178..

Tu as pleuré, mon Eugénie, en lisant ma triste lettre ? j'ai pleuré en lisant la tienne de reconnaissance et d'attendrissement. C'est une douce chose que la sympathie de deux cœurs qui semblent faits l'un pour l'autre. Si nous vivions ensemble, nous n'aurions peut-être besoin de rien de plus pour être heureuses : je t'avoue qu'alors je serais fâchée de te voir marier. À présent, il y aurait aussi trop d'égoïsme à vouloir que tu me restasses toute entière.

Pour moi, il y a peu d'apparence que je t'échappe de cette façon-là. Tu sais combien notre fortune est délabrée. Malgré toute son insouciance pour lui-même, mon père s'inquiète quelquefois sur mon sort : il m'a répété plusieurs fois qu'après sa mort, qui, dit-il, ne peut être éloignée, la pension qui nous fait vivre venant à cesser, je n'aurai presque rien. Pour ma mère, la rente que mon oncle a mise sur sa tête, suffira à son entretien, surtout si elle veut aller vivre dans son pays. Mais en voilà assez. Je me flatte que mon père se trompe sur son état : je n'ai aucune inquiétude sur ce qui me regarde. Je voulais seulement te dire que, dans ces circonstances et avec cette fortune, il est rare qu'on se marie.

Les concerts ont commencé : j'ai chanté au premier ; je crois qu'on s'est un peu moqué de moi à l'occasion d'un peu d'embarras et de trouble que j'eus, je ne sais trop pourquoi : c'est un assemblage de si petites choses que je ne saurais comment te les raconter. Chacune d'elles est un rien, ou ne doit paraître qu'un rien, quand même elle serait quelque chose. Adieu, ma chère Eugénie, je t'écrirai une plus longue lettre une autrefois.

Marianne de la Prise

TREIZIÈME LETTRE

Mlle de la Prise à Mlle de Ville

à Neuchâtel ce Janv. 178..

Il me semble que j'ai quelque chose à te dire ; et quand je veux commencer, je ne vois plus rien qui vaille la peine d'être dit. Tous ces jours je me suis arrangée pour t'écrire ; j'ai tenu ma plume pendant longtemps, et elle n'a pas tracé le moindre mot. Tous les faits sont si petits, que le récit m'en serait ennuyeux à moi-même ; et l'impression est quelquefois si forte, que je ne saurais la rendre : elle est trop confuse aussi pour la bien rendre. Quelquefois il me semble qu'il ne m'est rien arrivé ; que je n'ai rien à te dire ; que rien n'a changé pour moi ; que cet hiver a commencé comme l'autre ; qu'il y a, comme à l'ordinaire, quelques jeunes étrangers à Neuchâtel que je ne connais pas, dont je sais à peine le nom, avec qui je n'ai rien de commun. En effet, je suis allée au concert, j'ai laissé tomber un papier de musique ; j'ai assez mal chanté ; j'ai été à la première assemblée ; j'y ai dansé avec tout le monde, entre autres deux Comtes alsaciens et deux jeunes apprentis de comptoir : qu'y a-t-il dans tout cela d'extraordinaire, ou dont je pusse te faire une histoire détaillée ? D'autrefois il me semble qu'il m'est arrivé mille choses ; que si tu avais la patience de m'écouter, j'aurais une immense histoire à te faire : il me semble que je suis changée, que le monde est changé, que j'ai d'autres espérances et d'autres craintes, qui, excepté toi et mon père, me rendent indifférente sur tout ce qui m'a intéressée jusqu'ici, et qui, en revanche, m'ont rendu intéressantes des choses que je ne regardais point ou que je faisais machinalement. J'entrevois des gens qui me protègent, d'autres qui me nuisent : c'est un chaos, en un mot, que ma tête et mon cœur. Permets, ma chère Eugénie, que je n'en dise pas davantage jusqu'à ce qu'il se soit un peu débrouillé et que je sois rentrée dans mon état ordinaire, supposé que j'y puisse rentrer. Ne te rien dire eût été trop pénible : t'en dire davantage, quand moi-même je n'en sais pas davantage, ne serait pas possible. Adieu donc ; je t'embrasse tendrement. Tout ce que je saurai de moi-même, tu le sauras.

Aucune défiance, au moins, ne me fera taire : la crainte de te paraître puérile, ou de te donner quelqu'autre impression fâcheuse de moi, ne pourra m'empêcher de parler ; la peur de t'ennuyer est la seule que je puisse avoir.

Mlle de la Prise

QUATORZIÈME LETTRE

Mlle de la Prise à Mlle de Ville

À Neuchâtel ce Janv. 178..

Tu le veux absolument ? hé bien à la bonne heure, tu le sauras ! Je t'écrivis une lettre qui, après cela, me parut folle ; j'en écrivis une autre pour excuser celle-là : il se trouva qu'elle n'était pas partie ; elle était cachetée ; j'avais oublié de l'envoyer à la poste : dans ce temps-là je ne savais ce que je faisais : je te l'envoie sans l'ouvrir, je ne veux pas la relire, je ne m'en souviens presque pas, tu verras ce que j'en ai pensé.

Tous tes détails, à toi, sont charmants : tu n'aimeras, tu n'aimeras jamais l'homme qu'on te destine, c'est-à-dire, tu ne l'aimeras jamais beaucoup. Si tu ne l'épouse pas, tu pourras en épouser un autre. Si tu l'épouses, vous aurez de la complaisance l'un pour l'autre ; vous vous serez une société agréable, peut-être. Tu n'exigeras pas que tous ses regards soient pour toi, ni tous les tiens pour lui : tu ne te reprocheras pas d'avoir regardé quelqu'autre chose, d'avoir pensé à quelqu'autre chose, d'avoir dit un mot qui pût lui avoir fait de la peine un instant : tu lui expliqueras ta pensée ; elle aura été honnête, et tout sera bien. Tu feras plus pour lui que pour moi ; mais tu m'aimeras plus que lui. Nous nous entendrons mieux ; nous nous sommes toujours entendues, et il y a eu entre nous une sympathie qui ne naîtra point entre vous. Si cela te convient, épouse-le Eugénie. Penses-y cependant : regarde autour de toi pour voir si quelqu'autre n'obtiendrait pas de toi un autre sentiment. N'as-tu pas lu quelques romans ? et n'as-tu jamais partagé le sentiment de quelque héroïne ? Sache aussi si ton épouseur ne t'aime pas autrement que tu ne l'aimes. Dis-lui, par exemple, que tu as une amie qui t'aime chèrement, et que tu n'aimes personne autant qu'elle. Vois alors s'il rougit, s'il se fâche : alors ne l'épouse pas. Si cela lui est absolument égal, ne l'épouse pas non plus. Mais s'il te dit que c'est à regret qu'il te tiendra éloignée de moi, et que vous viendrez ensemble à Neuchâtel pour me voir, ce sera un bon mari, et tu peux l'épouser. Je ne sais où je prends tout ce que je te dis : car avant ce moment je n'y avais jamais pensé. Peut-être cela n'a-t-il pas le sens commun. Je t'avoue que j'ai pourtant fort bonne opinion de mes observations… non pas observations ; mais, comment dirai-je ? de cette lumière que j'ai trouvée tout-à-coup dans mon cœur qui semblait luire exprès pour éclairer le tien. Ne t'y fie pourtant pas : demande et pense. Non ; ne demande à personne : on ne t'entendra pas ; interroge-toi bien toi-même. Adieu.

Mlle de la Prise

QUINZIÈME LETTRE

Écrite avant la douzième, et contenue, ainsi que la seizième, dans la précédente.

à Neuchâtel ce 178..

Serait-ce un amant que cherchait mon cœur ? et l'aurais-je trouvé ? Ma chère Eugénie, combien je vois ta délicatesse alarmée ! je n'ai pas dit *pruderie,* admire mon honnêteté : car tes grands yeux, que je vois ouverts sur moi d'un air de surprise et de scandale ne méritaient pas de si grands ménagements. J'irai mon train comme si tu n'étais pas une personne fort délicate et fort prudente ; et toi tu iras ton train de t'indigner et de prêcher, si tu veux : il ne faut nous gêner ni l'une ni l'autre. Je vais te raconter bien exactement ce qui m'arrive.

Il y a quelque temps qu'une petite tailleuse laissa tomber dans la boue une robe qu'elle me rapporterait : un jeune étranger lui aida à la relever, accompagna jusque chez elle la petite personne, l'excusa auprès de ses maîtresses et lui donna de l'argent en la quittant. L'histoire m'en fut faite le lendemain ; elle me plût : j'y voyais de la bonté et une sorte de courage ; car la petite fille, jolie à la vérité, est si mal mise et a si mauvaise façon, qu'un élégant un peu vain ne se serait pas soucié d'être vu avec elle dans les rues. Je demandai le nom du jeune homme ; elle ne put pas me le dire, et je n'en entendis plus parler. L'autre jour étant au concert, mes voisines me montrèrent, de l'amphithéâtre où nous étions, un jeune homme qui jouait du violon à l'orchestre. Elles me dirent que c'était un jeune Allemand du comptoir de M… appelé Meyer. En passant auprès de lui pour aller chanter, je le regardais attentivement ; lui aussi me regarda : je vis qu'il reconnaissait ma robe. Moi, je reconnus la physionomie que devait avoir celui qui l'avait relevée ; et nous nous perdîmes si bien dans cette contemplation l'un de l'autre, que je laissai tomber ma musique et qu'il oublia son violon, ne sachant plus, ni lui ni moi, de quoi il était question, ni ce que nous avions à faire. Il rougit : je rougis aussi, mais je ne sais trop de quoi ; car je n'étais point honteuse du tout. On m'a plaisanté de la distraction du jeune homme : j'étais tentée de répondre que la mienne valait bien la sienne, et j'ai vu qu'on ne s'en était point aperçu. Apparemment l'on croit qu'il faut qu'un jeune homme soit amoureux pendant quelques semaines avant que la belle paraisse être un peu sensible. Je ne me vanterai pas d'avoir suivi cette décente coutume ; et s'il se trouve que M. Meyer soit aussi épris de moi que je l'ai cru, il pourra se vanter quelque jour que je l'ai été tout aussitôt et tout autant que lui. Tu vois bien que je suis tout autrement disposée que la dernière fois que je t'écrivis ; et je t'avoue que je suis, on ne peut pas plus, contente. Quoi qu'il puisse m'arriver d'ailleurs, il me semble que, si on m'aime beaucoup et que j'aime beaucoup, je ne saurais être malheureuse. Ma mère a beau gronder depuis ce jour là, cela ne trouble pas ma joie. Mes amies ne me paraissent plus maussades : vois-tu, je dis, *mes amies,* mais c'est par pure surabondance de bienveillance ; car je n'ai d'amie que toi. Je te préfère à M. Meyer lui-même ; et si tu étais ici, et qu'il te plût, je te le céderais. Ne va pas croire que nous nous soyons encore parlé ; je ne l'ai pas même revu depuis le concert. Mais j'espère qu'il viendra à la première assemblée : nos Dames, sans que je les en prie, me feront bien la galanterie de l'y inviter. Alors nous nous parlerons sûrement, dussé-je lui parler la première. Je me trouverai près de la porte quand il entrera. Alors aussi se décidera la question : savoir, si M. Meyer sera l'âme de la vie entière de ton amie, ou si je n'aurai fait qu'un petit rêve agréable ; ce sera l'un ou l'autre, et quelques moments décideront lequel des deux.

Adieu, mon Eugénie ! mon père est plus content de moi que jamais ; il me trouve charmante : il dit qu'il n'y a rien d'égal à sa fille, et qu'il ne la troquerait pas contre les meilleures jambes du monde. Tu vois que ma folie est du moins bonne à quelque chose. Adieu.

Mlle de la Prise

SEIZIÈME LETTRE

À la même

à Neuchâtel ce Janv. 178..

Je ne puis attendre ta réponse. Ma dernière lettre était si extraordinaire et si folle qu'il faut que je t'en fasse l'apologie. Ou bien je t'en ferai des excuses : car d'apologie, il n'y en a point à faire. Je suis revenue à mon bon sens ; mais j'en suis presque fâchée : car ces quatre ou cinq jours de folie étaient charmants. Tout ce que je faisais m'amusait : mon clavecin, ma harpe étaient toute autre chose qu'une harpe et un clavecin ; ils avaient vie : je parlais, et on me répondait par eux. Ma tête s'est remise, et il ne m'est resté qu'une curiosité assez naturelle de savoir si M. Meyer est aussi bon, aussi honnête qu'il en a l'air ; s'il a du sens ; s'il est aimable : c'est ce que nous verrons et je te le dirai. Ne crains point que je fasse ni que je dise de folie : tu sais bien que j'ai toujours eu des moments d'extravagance, et qu'il n'en est rien arrivé de bien fâcheux ; je crois que c'est la grande liberté que m'a laissé mon père, et aussi la grande liberté de ses discours, qui m'ont empêché d'avoir la réserve et la timidité qui te siéent si bien. Adieu ; conserve-moi ton indulgence, et crois que je ne la mettrai pas à de trop grandes épreuves.

Mlle de la Prise

DIX-SEPTIÈME LETTRE

Julianne C. à sa Tante à Boudevilliers

à Neuchâtel ce Janv. 178..

MA CHÈRE TANTE,

Je suis rentrée chez mes maîtresses, puisque vous me l'avez conseillé, et le Monsieur aussi. C'est M. Meyer qu'il s'appelle ; je sais à présent son nom : mais qu'est-ce qu'il me sert de le savoir ? il y eut hier cinq semaines que je ne l'ai pas vu, et je voudrais ne l'avoir jamais rencontré ; mais je crois qu'il s'est pensé... mais à quoi bon vous tout ça dire ? toujours j'ai bien pleuré, et il y a quelque chose qu'il m'a marqué sur sa lettre (car il m'a écrit deux lettres) qui m'a fait penser autant que j'y ai pu comprendre, que peut-être bien la Marie Besson lui a pu dire que je n'avais pas été une honnête fille ; et pourtant, ma chère tante, je puis bien jurer que, si ce n'était ce vilain maître horloger chez qui j'ai servi, et qui était pourtant un homme marié, il n'y aurait pas eu une plus brave fille que moi dans le Val de Rus : car pour avoir quelquefois badiné avec les garçons à la veillée, ou pendant les foins, les autres filles en faisaient autant que moi ; et je ne sais pas si un Monsieur penserait pour ça qu'on n'aurait pas été une brave fille. Mais à la garde ! il ne sert de rien de pleurer et de se lamenter quand il n'est plus temps ; et si j'ai encore à pleurer, ce sera assez temps quand j'en serai sûre. Il a fallu que j'aie bien prié mes maîtresses ; mais c'est aussi qu'elles ont beaucoup d'ouvrage à présent, comme il y a des bals et des sociétés et des concerts, et peut-être aussi des comédies, et que sais-je bien peu ? ces Dames font toutes sortes pour se divertir ; et peut-être ne sont-elles seulement pas aussi braves qu'une pauvre fille qu'on laisse pleurer en faisant son ouvrage, et qui n'a pas été à toutes leurs écoles et leurs pensions, et n'a pas appris à lire sur leur beaux livres ; et elles ont des bonnets, et des rubans, et des robes avec des garnitures de gaze, qu'il faut que nous travaillions toute la nuit et quelquefois les dimanches ; et tout ça elles l'ont quand elles veulent, de leur mère, ou de leur mari, sans que les jeunes Messieurs le leur donnent ; mais qu'est-ce que tout ça y fait ? si la cousine Jeanne-Marie et le cousin Abram ne savent rien du Monsieur, ni que j'avais quitté mes maîtresses, il ne sert à rien à présent de le leur conter. Je suis, ma chère tante, celle qui est votre très humble nièce.

Julianne C ***

DIX-HUITIEME LETTRE

Henri Meyer à Godefroy Dorville

À Neuchâtel ce Janv. 178..

Tu trouves le style de mes lettres changé, mon cher Godefroy. Pourquoi ne pas me dire si c'est en mal ou en bien ? mais il me semble que ce doit être en bien, quand j'aurais moi-même changé en mal : je ne suis plus un enfant ; cela est vrai, j'ai presque dit, cela n'est que trop vrai ; mais au bout du compte, puisque la vie s'avance, il faut bien avancer avec elle ! qu'on le veuille ou non, on change ; on s'instruit ; on devient responsable de ses actions. L'insouciance se perd ; la gaieté en souffre : si la sagesse et le bonheur voulaient prendre leur place, on n'aurait rien à regretter. Te souvient-il du Huron que nous lisions ensemble ? il est dit que Mlle de K., j'ai oublié le reste de son nom, devint en deux ou trois jours une autre personne ; *une personne,* je ne comprenais pas alors ce que cela voulait dire ; à présent je le comprends. Je sens bien qu'il faut que je paie moi-même l'expérience que j'acquiers ; mais je voudrais que d'autres ne la payassent pas. Cela est pourtant difficile : car on ne fait rien tout seul, et il ne nous arrive rien à nous seuls.

Dans ma dernière lettre, je te rendis compte de l'assemblée où je dansai avec Mlle de la Prise. Je fus alors deux ou trois jours sans me soucier de sortir ; je n'allais pas seulement me promener. Mais le mardi je fus prié à un dîner chez mon patron ; il ne fut pas tout-à-fait aussi nombreux que celui du nouvel an ; il n'y avait que des hommes, et il y en avait de tout âge, et parmi eux quelques-uns qui me parurent fort aimables, et surtout fort honnêtes et fort doux. On s'était levé de table, et on prenait du café, quand le Monsieur caustique du bal est entré. On lui a reproché de n'être pas venu plus tôt. *Je vous suis obligé,* a-t-il répondu ; *mais je ne mange presque jamais hors de chez moi, depuis que je connais parfaitement les vins de tous vos quartiers et le fromage de toutes vos montagnes.* Ensuite il s'est approché de quelques jeunes gens, parmi lesquels j'étais, et leur a demandé de quoi ils parlaient avant qu'il entrât ? *De quelques jeunes demoiselles,* a répondu l'un d'eux : *nous parlions des plus jolies, et nous nous disputions. – Encore ?* a-t-il interrompu, *lesquelles aviez-vous nommées* ? Là-dessus ils en ont nommé plusieurs. *Bon !* a-t-il dit brusquement ; je *m'y attendais. Vous avez commencé de préférence par les poupées, les marionnettes et les perroquets. Il y en a une*… J'étais près de la porte ; je tenais mon chapeau ; je suis sorti : *Restez,* m'a-t-il crié ; *je ne la nommerai pas.* Je n'ai pas fait semblant de l'entendre, et je suis descendu l'escalier le plus vite que j'ai pu.

Le vendredi suivant, je m'étais arrangé pour passer la soirée tout seul à lire et à écrire à mon oncle. Mais le Comte Max m'est venu voir, sachant, m'a-t-il dit, que les vendredis étaient mes jours de loisir. Il est resté avec moi jusqu'à sept heures. Il est aimable et instruit : son langage récrée mon oreille qui est écorchée tous les jours par l'affreux allemand de Berne, de Bâle et de Mulhouse. J'ai un peu oublié ma langue : le Comte m'en a fait des reproches ; il me prêtera des livres allemands : il a passé dix-huit mois à Leipsick.

J'admire mon sens froid de parler si longtemps du vendredi ; c'est le dimanche qui fut intéressant ! Peut-être m'arrêtai-je exprès au vendredi par une certaine appréhension du dimanche. Ce fut un si singulier mélange d'heureuses et malheureuses rencontres, de peine et de plaisir ! je crois que je me conduisis bien, c'est-à-dire, que je ne pouvais me conduire autrement. Tu crois que ce sera quelque grande histoire ? non ; tout cela se passa dans un quart d'heure. Mais ce qui avait précédé, les circonstances… pour que tu saches ce que c'est, il faut enfin te le raconter. Peut-être devineras-tu ce que je ne te dirai pas ; et si tu ne devines qu'à moitié, il n'y aura pas grand mal.

Il avait beaucoup plu au commencement de la semaine ; les derniers jours il avait beaucoup gelé : le dimanche matin il était tombé de la neige, et le temps s'était un peu radouci : mais l'après-dîner, le froid étant revenu, l'eau qu'il y avait eu dans les rues et la neige du matin étaient devenues un verglas, tel que je n'en ai jamais vu, et qui devenait à chaque instant plus dangereux, à mesure que l'air du soir se refroidissait. Nous revenions, Monin et moi, du Crêt où nous étions allez faire un tour pour profiter d'un instant de soleil qui nous avait séduit au sortir de l'église. Il nous fallait toute notre attention pour ne nous pas laisser tomber. Juge de l'embarras et du danger de Mlle de la Prise et de deux autres demoiselles que nous trouvâmes près de la porte de la ville, allant le même chemin que nous. Je m'arrêtai devant elles ; je crois que je voulais les empêcher d'avancer, croyant voir déjà Mlle de la Prise sur le pavé, blessée, meurtrie, quelque chose de pis peut-être. Je ne sais ce que je leur dis pour les engager à accepter notre secours : mais les deux qui m'étaient étrangères, commençaient à me refuser, quand Mlle de la Prise a dit vivement : *Mais ! vous êtes folles ; nous sommes trop heureuses !* En même temps elle a pris Monin sous le bras, et m'a prié d'avoir soin de ses compagnes.

Nous marchions sans rien dire, ne pensant qu'à ne pas tomber : nous avions fait cent pas peut-être, lorsque j'ai vu une jeune fille que j'ai connue par hasard, à qui de petits garçons jetaient des boules de neige pour la faire tomber. Elle m'a reconnu. Son air exprimait toutes sortes d'embarras. C'était le visage de la détresse ; et réellement ne sachant ce qu'elle faisait, entre la colère et la confusion, elle était dans un véritable danger ; elle aurait pu tomber contre une borne, contre le coin d'une maison. C'est la première fille à qui j'aie parlé à Neuchâtel, et je lui avais donné du secours dans une occasion beaucoup moins grave. Je ne connaissais pas alors Mlle de la Prise. Fallait-il à présent la dédaigner et la méconnaître ? J'ai prié d'un ton absolu les deux filles que je soutenais, et que j'ai appuyées contre Monin, de ne pas bouger de leur place ; et allant aux deux petits garçons, j'ai donné à chacun d'eux un vigoureux soufflet ; et voyant près de là un homme de bonne façon, je l'ai prié le plus honnêtement que j'ai pu, de conduire la fille où elle voulait aller. Après cela je suis retourné à mes deux demoiselles, et nous avons repris notre marche.

Après quelques instants de silence, l'une des deux m'a dit : *Vous connaissez donc cette fille, Monsieur ? – Oui, Mademoiselle,* ai-je répondu, *peu de jours après mon arrivée à Neuchâtel…* Je n'ai pas continué ; je ne pouvais conter mon histoire jusqu'au bout : le commencement me faisait plus d'honneur que la fin ; c'eût été un mensonge. Une autre chose m'a arrêté. En commençant de répondre, j'avais regardé Mlle de la Prise, autant que le verglas avait pu me le permettre, et j'avais cru voir son visage très rouge et sa physionomie altérée. De te dire tout ce qui se passa alors en moi, toute la peine, le regret, l'espoir, le plaisir, cela n'est pas possible. Si je m'étais permis de m'en occuper dans cet instant, les deux jeunes filles auraient bien mieux fait de marcher toutes seules. J'imposai silence à mon cœur ; je renvoyai, pour ainsi dire, à un autre temps à le sentir, à le questionner, à jouir de ce qui s'y passait ; car le plaisir surpassait la peine. Personne de nous n'ouvrit plus la bouche.

Quand nous fûmes devant la maison où était leur société, je saluai, sans parler, mes deux Dames : elles me remercièrent. Mlle de la Prise ne parla pas, et se contenta de faire une grande révérence à Monin. Il faisait déjà obscur sous cette porte : mais je m'imaginai qu'elle avait l'air ému. Dans le même moment arriva le Comte Max qui lui présenta la main ; il me reconnut comme je m'en allais. *Où allez-vous ?* me cria-t-il. *Chez moi,* lui dis-je. – *Et qu'y ferez-vous chez vous ? – De la musique. – Vous êtes laconique,* me dit-il en riant, *mais cela ne fait rien. Je* retournai donc chez moi : j'aurais voulu être seul, du moins une heure ou deux, mais cela ne se pouvait pas. Neuss et mon maître arrivaient, Monin fit les honneurs de ma chambre, et après le goûté nous nous mîmes à faire de la musique. Une demi-heure après le Comte entra : en nous priant de lui permettre de nous écouter. Il n'aime pas le jeu. Une autre fois il apportera sa flûte. À neuf heures il m'obligea à aller souper avec lui : je le voulus bien ; la troupe de mes camarades m'était insupportable. Le précepteur me paraît un homme de sens ; mais il ne parle presque pas Français. Le frère aîné ne rentra qu'à onze heures ; il est d'une figure brillante et extrêmement honnête. Voici une prodigieuse lettre. J'ai été lundi au concert ; Mlle de la Prise n'y était pas. Mardi, je ne suis sorti que pour aller au comptoir, et je t'écris aujourd'hui mercredi pour demain.

H. Meyer

DIX-NEUVIEME LETTRE

Henri Meyer à Godefroy Dorville

à Neuchâtel ce Janv. 178..

Hier après dîner le Comte Max vint me prendre pour me mener promener. Il faisait un temps fort doux. Il n'y a pas beaucoup de choix ici. Nous allâmes du côté du Crêt, et jusqu'au mail. Nous y trouvâmes Mlle de la Prise avec une de ses cousines. Nous leur demandâmes la permission de nous promener avec elles ; elle nous fut accordée. Après nous être un peu promenés, nous reprîmes le chemin de la ville. On parla nonchalamment de toutes sortes de choses. Le Comte fut fort aimable. Mlle de la Prise était gaie. Sa cousine et moi nous ne dîmes presque rien. Mais j'étais content : j'écoutais avec plaisir ; j'étais assez paisible ; je souhaitais qu'il ne nous arrivât rien d'extraordinaire cette fois-là. Et en effet nous ne rencontrâmes personne, on ne nous aborda point. Mais comme nous approchions de la maison de Mlle de la Prise, il survint une petite pluie qui augmenta à mesure que nous allions, de sorte qu'il pleuvait assez fort quand nous fûmes chez elle. Elle nous pria fort honnêtement d'entrer, nous assurant que son père et sa mère nous recevraient avec plaisir. Nous montâmes : il n'y avait pas grand'chose à faire au comptoir ce jour-là, et j'avais travaillé la veille tout le soir sans aller au concert, parce que nos Messieurs étaient surchargés d'ouvrage. Je crus donc pouvoir rester si on nous en priait.

M. de la Prise est un Officier retiré du service de France, vieilli par la goutte plus que par les années. Il a l'air d'avoir aimé tous les plaisirs, et d'aimer encore la société ; mais surtout d'aimer sa fille plus que chose au monde. Elle lui ressemble. Il a l'air ouvert, franc ; un peu libre dans ses propos ; il est aimable et poli dans ses manières. On m'a dit que sa famille était une des plus anciennes du pays, et qu'il était né avec de la fortune ; mais qu'il avait tout dépensé. En le voyant on croit tout cela vrai.

Je ne dirai rien de la mère. Elle n'a pas l'air d'être la femme de son mari, ni la mère de sa fille. Elle est Française, et de je ne sais quelle province. Elle a été très belle, et l'est encore. À sa manière elle nous a bien reçus. On nous a donné du thé, des raisins, de petits gâteaux. Ce petit repas, qui jusqu'ici m'avait paru assez mal entendu, m'a paru hier fort agréable. Je croyais être en famille avec M. de la Prise et Mlle Marianne. Elle ne m'offrait rien que je n'acceptasse. Elle choisissait des grappes pour le Comte Max et pour moi. Pour la première fois je n'étais plus un étranger à Neuchâtel.

La pluie ayant cessé et le goûté étant fini, nous avons paru vouloir nous retirer ; mais le père nous a proposé de faire un peu de musique avec sa fille. Aussitôt j'ai dit au Comte que j'irais prendre sa flûte et mon violon, et que je verrais au comptoir si on pouvait se passer de moi, ce dont je ne doutais presque pas. Il a trouvé tout cela fort bon. Je suis allé et revenu.

Ce petit concert a été le plus agréable du monde. Mlle de la Prise accompagne très bien ; elle est vraiment bonne musicienne ; et on ne peut pas avoir une meilleure embouchure que n'a le Comte Max. La flûte est un instrument touchant, et qui va au cœur plus qu'aucun autre. La soirée a été bien vite passée. Neuf heures approchaient. Madame de la Prise nous en avertit par une certaine inquiétude et le soin de tout ranger autour de nous. Son mari l'a priée de nous laisser jouer ; et puis, regardant la pendule, il nous a dit : *Messieurs, quand j'étais riche, je ne savais pas laisser les gens me quitter à neuf heures ; je ne l'ai pas même appris depuis que je ne le suis plus ; et si vous voulez souper avec nous, vous me ferez plaisir.* Madame de la Prise a dit : *Encore si vous vous étiez avisé de cela de meilleure heure !* Et en même temps elle est sortie de la chambre. Son mari appuyé sur sa canne l'a suivie, et lui a crié de la porte : *Ne vous inquiétez de rien, ma femme, et ne nous faites pas souper trop tard ; ils mangeront une omelette.* Pour nous, nous n'avions accepté ni refusé ; mais il était clair que nous restions, et nous continuions notre musique. Mlle de la Prise était, je crois, bien aise que nous ne parussions pas écouter trop exactement sa mère.

Un quart d'heure après on est venu nous avertir, et nous sommes allez nous mettre à table. Le souper était propre et simple. Il faut avouer que Madame de la Prise n'en faisait pas trop maussadement les honneurs. Sa fille était très gaie : son père paraissait enchanté d'elle ; et sûrement ses convives ne l'étaient pas moins.

À dix heures, un parent et sa femme sont venus veiller. On a parlé de nouvelles, et on a raconté entr'autres le mariage d'une jeune personne du Pays-de-Vaud, qui épouse un homme riche et très maussade, tandis qu'elle est passionnément aimée d'un étranger sans fortune, mais plein de mérite et d'esprit. *Et l'aime-t-elle ?* a dit quelqu'un. On a dit qu'oui, autant qu'elle en était aimée. *En ce cas-la, elle a grand tort,* a dit M. de la Prise. – *Mais c'est un fort bon parti pour elle,* a dit Madame, *cette fille n'a rien ; que pouvait-elle faire de mieux ? – Mendier avec l'autre,* a dit moitié entre ses dents Mlle de la Prise, qui ne s'était point mêlée de toute cette conversation. *Mendier avec l'autre !* a répété sa mère. *Voilà un beau propos pour une jeune fille ! Je crois en vérité que tu es folle ! – Non, non ; elle n'est pas folle : elle a raison,* a dit le père. *J'aime cela, moi ! c'est ce que j'avais dans le cœur quand je t'épousai. – Oh bien, nous fîmes-là une belle affaire ! – Pas absolument mauvaise,* dit le père, *puisque cette fille en est née.*

Alors Mlle de la Prise, qui depuis un moment avait la tête penchée sur son assiette et ses deux mains devant ses yeux, s'est glissée le long d'un tabouret, qui était à moitié sous la table entre elle et son père, et sur lequel il avait les deux jambes, et s'est trouvée à genoux auprès de lui, les mains de son père dans les siennes, son visage collé dessus, ses yeux les mouillant de larmes, et la bouche les mangeant de baisers : nous l'entendions sangloter doucement. C'est un tableau impossible à rendre. M. de la Prise, sans rien dire à sa fille, l'a relevée, et l'a assise sur le tabouret devant lui, de manière qu'elle tournait le dos à la table : il tenait une de ses mains ; de l'autre elle essuyait ses yeux. Personne ne parlait. Au bout de quelques moments elle est allée vers la porte sans se retourner, et elle est sortie. Je me suis levé pour fermer la porte qu'elle avait laissée ouverte. Tout le monde s'est levé. Le Comte Max a pris son chapeau, et moi le mien.

Au moment que nous nous approchions de Madame de la Prise pour la saluer, sa fille est rentrée. Elle avait repris un air serein. *Tu devrais prier ces Messieurs d'être discrets,* lui a dit sa mère. *Que pensera-t-on de toi dans le monde, si on apprend ton propos ? – Eh ! ma chère Maman,* a dit sa fille ; si *nous n'en parlons plus, nous pouvons espérer qu'il sera oublié. – Ne vous en flattez pas, Mademoiselle,* a dit le Comte, je *crains de ne l'oublier de longtemps.*

Nous sommes sortis. Nous avons marché quelque temps sans parler. À la fin le Comte a dit : *Si j'étais plus riche… Mais c'est presqu'impossible ; il n'y faut pas penser : je tâcherai de n'y plus penser un seul instant. Mais vous ?…* a-t-il repris en me prenant la main. J'ai serré la sienne ; je l'ai embrassé ; et nous nous sommes séparés. Bonsoir, Godefroy : je n'ai pas fermé l'œil la nuit dernière ; je vais me coucher.

H. Meyer

VINGTIÈME LETTRE

Au même

Dimanche pour lundi

À Neuchâtel ce Févr. 178..

Je t'écrivis mercredi, et je t'envoyai jeudi ma lettre sans y rien ajouter. Nous travaillâmes beaucoup, et fort tard. Vendredi j'eus un si grand mal de tête que je ne sortis point. Monin me tint compagnie ; il me lut, et nous fîmes de la musique. C'est un très bon garçon… À propos, il faut que je te dise quelque chose qu'il me raconta ce soir-là.

La veille, comme il entrait à la salle d'armes pour parler à quelqu'un, il entendit prononcer mon nom à quelques jeunes gens. Il n'entendit point ce qu'ils disaient ; mais il vit le Comte Max quitter son maître avec qui il faisait des armes, et venir à eux. *Je trouve très mauvais, Messieurs,* leur dit-il, *que vous parliez de ce ton d'un jeune homme estimable ; et très mauvais aussi que vous osiez en parler mal devant moi, que vous savez être son ami.* Quand Monin m'eut raconté cela, je sentis, pour la première fois, qu'il pouvait y avoir du plaisir à être grand Seigneur. Je voudrais, Godefroy, qu'il me convînt de prendre un pareil ton, et d'en imposer comme le Comte, quand il s'agirait de prendre son parti, celui de Mlle de la Prise ou le tien. Mais aucun des trois n'aurez besoin que je vous défende. Qui est-ce qui pourrait dire du mal de vous ?

Samedi, c'était hier, le Comte vint me prendre pour faire visite à M. et Madame de la Prise ; cela convenait, après le souper que nous avions fait chez eux. Mais Monin m'avait fait promettre de ne pas sortir de toute la journée, ni encore aujourd'hui : je suis fort enrhumé, et il prétend que les rhumes négligés sont longs et fâcheux cette année. Cet excellent garçon a travaillé hier deux heures de plus que de coutume pour faire ma besogne au comptoir.

Le Comte est donc allé seul faire sa visite, et il m'en a rendu compte pendant la soirée qu'il est venu passer auprès de mon feu. Il avait trouvé M. de la Prise, qui, après quelques discours d'usage, lui a parlé de sa fille, et lui a dit, que malheureusement il n'était pas impossible qu'après sa mort elle n'eût besoin de quelque protection comme la sienne pour être placée à quelque Cour Allemande. *J'ai été longtemps jeune,* lui a-t-il dit, *j'ai beaucoup dépensé d'argent : mais la nature a si bien dédommagé ma fille des folies que j'ai faites quant à sa fortune, que dans le fond son lot est meilleur que celui de bien d'autres, et je ne la plains pas. Je n'ai, du moins, pas à me reprocher de l'avoir négligée un instant depuis qu'elle est au monde. Cela n'est pas, à la vérité, bien étonnant : quel père négligerait une pareille fille ?... Mais, M. le Comte, pour en revenir à ce que je vous disais d'abord, je puis vous assurer qu'elle est assez bien née pour ne trouver aucune difficulté quant à cela à se placer, en quelque qualité que ce puisse être, auprès de la plus grande Princesse de l'Europe. Mes ancêtres sont venus dans ce pays avec Philibert de Châlons, qui en était souverain : nous nous appelions****. La branche cadette, pour se distinguer, s'est appelée De la Prise : l'ainée, qui possédait de grands biens en Bourgogne, s'est éteinte. J'ai des preuves de tout cela plus claires que le jour. Je ne vous dis pas cela pour me vanter, mais pour que vous vous en souveniez, si quelque jour ma fille avait besoin que vous la fissiez connaitre. Alors vous pourriez vous instruire par vos yeux de ce que j'ai l'honneur de vous dire. Ma fille est assez aimable pour qu'on dût trouver du plaisir à lui être utile... mais la voilà qui rentre, et comme ce discours n'est pas bien gai, vous voudrez bien que nous parlions d'autre chose.* Le Comte a la mémoire bonne, et je ne l'ai pas mauvaise ; de sorte que tu peux compter que tu as mot pour mot le discours de M. de la Prise. Il m'a donné à penser ; et si notre soirée a été douce, parce que le Comte est vraiment aimable, et qu'il a de l'amitié pour moi, elle n'a point été gaie. Demain je serai assez bien pour aller au concert. Mlle Marianne y chantera pour obéir à son père : je me mettrai bien près d'elle pour la mieux entendre et la mieux accompagner. Adieu, mon très cher Godefroy.

H. Meyer

VINGT-ET-UNIÈME LETTRE

Au même

À Neuchâtel ce Fév. 178..

Comment te raconter tout ce que j'ai à te dire ? Me blâmeras-tu ? Me plaindras-tu ? ou bien Mlle de la Prise frappera-t-elle seule ton imagination, et effacera-t-elle ton ami de devant tes yeux ? Mais pourquoi occuper ma tête de vaines conjectures, quand à peine mes facultés suffisent à ma situation et au soin de t'en instruire ? Ah, Godefroi, que de choses me sont arrivées ! que de choses j'ai senties ! Pourrai-je te faire mon récit avec quelqu'ordre ?

Hier à trois heures je ne savais encore rien, et j'allais gaiement à l'assemblée. J'entre. J'y cherche des yeux Mlle de la Prise. Elle n'était pas encore dans la salle. Mais elle y vint un instant après. J'allai à elle. Je la trouvai pâle. Elle avait un air grave, et une certaine solennité que je ne lui avais point encore vue. Je sentis, en la saluant, que je pâlissais, et je fus quelques instants sans pouvoir parler. Je me remis pourtant, et lui demandai quelle serait la contre-danse qu'elle me ferait la grâce de danser avec moi ? Elle me répondit qu'elle comptait ne pas danser ; et cherchant des yeux le Comte Max, elle lui dit, quand il se fut approché : *Monsieur le Comte, j'ai à parler a Monsieur Meyer : cela sera peut-être un peu long ; et l'on pourrait trouver étrange que j'eusse tant de chose à lui dire à lui seul. Vous êtes son ami ; vous me paraissez honnête et discret : je ne pense pas que vous soyez tenté de vous moquer d'une jeune fille, qui, par pitié pour une autre, entretient un homme sur un chapitre qui devrait lui être étranger : je suis bien sûre que vous ne vous moquerez pas de moi. Voulez-vous bien renoncer, comme moi, à la danse pour ce soir ? Dans quelques moments, nous nous asseyerons tous trois sur ce banc ; vous vous mettrez entre M. Meyer et moi ; de cette façon, j'aurai l'air de parler à tous deux. Nous serons souvent interrompus : il ne faudra pas avoir l'air d'en être fâchés ; il faudra nous quitter quelquefois, quitter la conversation, et puis la reprendre. Je vous demande pardon de ce préambule. Il doit me donner un étrange air de pédanterie. J'avoue que je suis émue, il me paraît que j'ai une grande affaire à exécuter. Au reste, il n'est pas bien étonnant qu'à mon âge… mais laissez-moi parler quelques moments à mes amies. Je viendrai vous rejoindre quand on aura commencé à danser.* J'avais besoin qu'elle s'interrompît ; j'avais grand besoin de m'asseoir : mes jambes tremblaient sous moi : j'étais plus mort que vif. Elle ne m'avait pas regardé ; elle avait même détourné ses yeux de dessus moi tout le temps qu'elle avait parlé. Je m'appuyai sur le Comte. Nous fûmes nous asseoir. *Mais,* me dit-il, *devinez-vous ce qu'elle a à vous dire ? Pas précisément,* lui répondis-je. *Par pitié pour une autre ?* reprit-il. Je me tus. Mlle de la Prise revint s'asseoir à côté de lui. *Mais, Monsieur,* lui dit-elle, *je n'ai pas attendu votre réponse ; voulez-vous bien sacrifier une partie de votre soirée, qui devait être gaie et amusante, à une histoire assez triste qui ne vous regarde pas ? Le* Comte l'assura qu'il serait en tout temps à ses ordres. *Et vous,* me dit-elle, *Monsieur, je ne vous ai point demandé si vous trouviez bon que je me mêlasse de vos affaires ?* Je fis une inclination pour toute réponse. *Et consentez-vous aussi que le Comte soit instruit de tout ce qui a pu vous arriver depuis que vous êtes à Neuchâtel ? J'aurais dû vous le demander plutôt. – Je consens à tout ce qu'il vous plaira, Mademoiselle. – Eh bien,* dit-elle, *je vous dirai donc que deux maîtresses tailleuses, travaillant hier chez ma mère avec une jeune ouvrière qu'elles avaient amenée ; celle-ci, que j'avais vue tout le jour pâle, triste et tremblante, me pria de ne pas sortir le soir, comme j'en avais le dessein, et de permettre qu'elle pût me parler seule, sous prétexte de m'essayer des habits dans ma chambre…* Ici nous fûmes interrompus par plusieurs femmes. Mlle de la Prise en fit asseoir une entr'elle et le Comte. Imagine, si tu le peux, l'état où j'étais.

On nous quitta enfin ; et Mlle de la Prise, imaginant bien que nous n'avions pas perdu le fil de ses phrases, reprit aussitôt : *j'y ai consenti ; et, quand nous avons été seules, elle m'a raconté, Monsieur, comment elle vous avait rencontré, comment vous l'aviez secourue, par quelle fatalité la connaissance avait continué ; et enfin, elle m'a dit, en versant un torrent de larmes, qu'elle était grosse, qu'elle ne savait que devenir, où aller, comment pourvoir à sa subsistance, et à celle de son enfant.* Mlle de la Prise s'est tue. J'ai été longtemps sans pouvoir ouvrir la bouche : plusieurs fois j'ai essayé, j'ai même commencé : à la fin j'ai pu me faire entendre. *Vous a-t-elle dit, Mademoiselle, que je l'eusse séduite ?*

– Non, Monsieur… Vous a-t-elle dit, Mademoiselle, quand et comment j'ai cessé de la voir ? Oui, Monsieur, elle me l'a dit : elle a même

eu la bonne foi de me montrer vos lettres. Eh bien ! Mademoiselle, elle ne sera pas abandonnée dans ce moment de misère, de honte et de malheur ; et son enfant ne sera jamais abandonné, si j'en suis le père, si j'ai lieu de le croire : il sera soigné, élevé ; j'aurai soin de son sort tout le temps de ma vie. Mais à présent permettez que je respire. Je ne suis pas même en état de vous remercier. Je vais prendre l'air ; je reviendrai dans un quart d'heure. Ceci est si nouveau ! je suis si jeune ! il y a si peu de temps que les femmes m'étaient étrangères !... et à présent des intérêts si vifs, si différents, se sont combattus et succédés ! Mais elle vous a dit que je ne l'avais pas séduite, et qu'il y a plus de deux mois que je ne l'ai vue ? certainement il faut la secourir... En même temps je me suis levé, et j'ai couru à la rue, où j'ai passé près d'une heure, allant, venant, m'arrêtant comme un fou. Moi, Godefroi, une maîtresse grosse ! moi, bientôt père ! À la fin, me souvenant de ma promesse, je suis rentré. Mlle de la Prise avait l'air plus doux et plus riant. Elle m'a pressé de prendre du thé, et a eu soin elle-même de m'en faire donner. Le Comte nous a rejoints : nous nous sommes assis. *Eh bien, M. Meyer, que voulez-vous donc que je dise à la fille ? Mademoiselle,* lui ai-je répondu, *promettez-lui, ou donnez-lui, faites lui donner, veux-je dire, par quelque ancien domestique de confiance, votre nourrice, ou votre gouvernante, faites-lui donner de grâce, chaque mois, ou chaque semaine, ce que vous jugerez convenable. Je souscrirai à tout. Trop heureux que ce soit vous !... je ne vous aurais pas choisie peut-être ; cependant, je me trouve heureux que ce soit vous, qui daigniez prendre ce soin. C'est une sorte de lien, mais qu'osé-je dire ? c'est du moins une obligation éternelle que vous m'aurez imposée ; et vous ne pourrez jamais repousser ma reconnaissance, mon respect, mes services, mon dévouement. – Je ne les repousserai pas,* m'a-t-elle dit avec des accents enchanteurs ; *mais c'est bien plus que je ne mérite.* Je lui ai encore dit : *Vous aurez donc ce soin ? vous me le promettez ? Cette fille ne souffrira pas ? elle n'aura pas besoin de travailler plus qu'il ne lui convient ? elle n'aura point d'insulte, ni de reproche à supporter ? – Soyez tranquille,* m'a-t-elle dit : *je vous rendrai compte chaque fois que je vous verrai de ce que j'aurai fait ; et je me ferai remercier de mes soins et payer de mes avances.* Elle souriait en disant ces dernières paroles. *Il ne sera donc pas nécessaire qu'il la revoie ?* a dit le Comte. *Point nécessaire du tout,* a-t-elle dit avec quelque précipitation. Je l'ai regardée : elle l'a vu ; elle a rougi. J'étais assis à côté d'elle : je me suis baissé jusqu'à terre. *Qu'avez-vous laissé tomber ?* m'a-t-elle dit ; *que cherchez-vous ? – Rien, j'ai baisé votre robe. Vous êtes un ange, une divinité !* Alors je me suis levé, et me suis tenu debout à quelque distance vis-à-vis d'eux.

Mes larmes coulaient ; mais je ne m'en embarrassais pas, et il n'y avait qu'eux qui me vissent. Le Comte Max attendri et Mlle de la Prise émue, ont parlé quelque temps de moi avec bienveillance. *Cette histoire finissait bien,* disaient-ils : *la fille était à plaindre, mais pas absolument malheureuse.* Ils convinrent enfin de l'aller trouver sur l'heure même chez Mlle de la Prise, où elle travaillait encore. On m'ordonna de rester pour ne donner aucun soupçon, de danser même si je le pouvais. Je donnai ma bourse au Comte, et je les vis partir. Ainsi finit cette étrange soirée.

Samedi au soir.

J'ai rencontré dans la rue le Caustique. Il m'a arrêté d'un air de bienveillance : *Monsieur l'étranger !* m'a-t-il dit ; *nous ne sommes pas méchants ; mais nous sommes fins, et nous nous en piquons : chacun se hâte de soupçonner et de deviner de peur d'être prévenu par quelqu'autre. Or comme nous ne connaissons presque pas les passions, nous ne saurions dans certains cas soupçonner qu'une intrigue… Soyez sur vos gardes. C'est si peu votre intention de faire soupçonner une intrigue entre vous et la plus aimable file de Neuchâtel que je vous prie de ne pas m'en assurer…* Et il a passé son chemin.

Je t'envoie la copie de ma lettre à mon oncle. Le Comte a trouvé le moyen de la faire lire à Mlle de la Prise, qui l'a cachetée elle-même ; et lui-même l'a portée à la poste.

VINGT-DEUXIÈME LETTRE

À Monsieur… à Francfort

à Neuchâtel ce Févr. 178..

MON CHER ONCLE,

Une jeune ouvrière, que je n'ai pas séduite, dit être grosse, et que je suis le père de son enfant : plusieurs circonstances, et surtout la personne qu'elle a choisie pour cette confidence, me persuadent qu'elle dit la vérité : j'ai de quoi subvenir dans ce moment à ses besoins ; et quant à l'enfant, quelle que soit ma fortune, il ne manquera pas plus de pain que moi-même, tant que je vivrai. Mais si je meurs avant d'être en âge de faire un testament, je vous prie, mon cher oncle, de regarder l'enfant de Julianne C., dont Mlle Marianne de la Prise vous dira qu'il est le mien, comme étant effectivement l'enfant de votre neveu : je ne vous le recommande point ; cela serait superflu.

J'ai l'honneur d'être,

MON CHER ONCLE,

Votre très humble et très obéissant Serviteur,
H. Meyer

VINGT-TROISIÈME LETTRE

À Monsieur Henri Meyer

Francfort ce Févr. 178..

Faites partir la fille. Ne négligez rien pour qu'elle fasse le voyage sûrement : j'en paierai les frais. Je veux qu'elle accouche ici. J'aurai soin d'elle. Mais le tout à condition qu'elle reparte d'abord après ses couches, et me laisse l'enfant. Je ferai même quelque chose pour elle, si je suis content de sa conduite. Je sais qu'à Neuchâtel la manière dont on baptise un enfant constate son état : je ne veux pas que le vôtre soit élevé dans cette triste connaissance ; s'il l'acquiert quelque jour, ce sera lorsqu'il aura lieu d'être assez content de son existence pour ne vous la pas reprocher, et lorsque vous vous serez rendu assez recommandable pour qu'il préfère sa naissance, malgré la tache qui l'accompagne, à toute autre naissance, et qu'il vous choisit pour père, s'il pouvait choisir. Il ne tient qu'à vous, Henri, d'ôter à force de vertu, l'opprobre de dessus votre fils ou votre fille. Demandez-vous à vous-même si vous y êtes obligé.

Charles D.

Ci-joint une lettre de change de 50 louis.

VINGT-QUATRIEME LETTRE

À Monsieur Charles D… à Francfort

à Neuchâtel ce Févr. 178..

MON TRÈS CHER ONCLE,

La fille est partie. Que puis-je vous dire ? ce ne sont pas des remerciements que j'ai à vous faire. Veuille le ciel vous bénir ! puisse mon enfant !… il m'est impossible d'en dire davantage.

H. Meyer

VINGT-CINQUIÈME LETTRE

Henri Meyer à Godefroy Dorville

à Neuchâtel ce Mars 178..

Je t'envoie la réponse de mon oncle. La fille est partie : je ne l'ai pas vue ; Mlle de la Prise, le Comte, et une ancienne servante de Mlle de la Prise, ont eu soin de tout.

VINGT-SIXIÈME LETTRE

Au même

à Neuchâtel ce Mars 178..

D'après la remarque de mon caustique protecteur, (je l'appellerai désormais par son nom Z***) le Comte Max a demandé à Mlle de la Prise, comment elle voulait que je me conduisisse ? *Comme auparavant ;* a-t-elle répondu : (*Auparavant !* c'est elle qui l'a dit) *il faut qu'il vienne à l'assemblée, au concert, peut-être sera-t-il invité au premier jour chez une de mes parentes ; il verra bien alors lui-même ce qu'il y a à faire, ou plutôt à éviter.*

Avant-hier, le Comte et moi nous étions auprès de mon feu. Nous pensions à trop de choses pour en dire aucune. Nous avions besoin de nous distraire. Je lui ai proposé d'aller avec moi chez M. Z*** : je lui devais cette attention pour la marque d'intérêt qu'il m'avait donnée ; intérêt bien sensible, car il avait pour objet Mlle de la Prise, et l'honnêteté de ma conduite : il n'y allait de rien moins que de lui épargner d'éternels chagrins, et à moi d'éternels remords. Depuis ce jour-là, je ne passe plus devant sa porte ; je ne me promène plus ; j'évite au comptoir tout air de rêverie ; j'y fais mon devoir plus attentivement que jamais : j'en suis à la vérité récompensé par mes efforts mêmes ; faire son devoir avec attention produit un certain zèle qui est la meilleure des distractions possibles. Mais revenons à notre visite.

Je dis au Comte que M. Z*** nous donnerait vraisemblablement, pêle-mêle avec des critiques un peu amères, des notions curieuses et intéressantes sur le pays, son commerce, son gouvernement et ses mœurs. Le Comte m'en crut, et nous allâmes.

Nous fûmes en effet fort contents de toutes les informations que nous reçûmes. Un grain de causticité rendait les descriptions piquantes et les récits intéressants ; et, quant à moi du moins, il fallait bien cet assaisonnement pour me rendre attentif. Je ne suis pas assez tranquille pour te rapporter ce que j'ai appris : mais je tâcherai de te le garder dans ma mémoire. Je te dirai seulement ce que j'ai pu comprendre du caractère des habitants du pays. Sociables, officieux, charitables, ingénieux, pleins de talents pour les arts d'industrie, et n'en ayant aucun pour les arts de génie ; le grand et le simple leur sont si étrangers en toutes choses, qu'ils ne le comprennent et ne le sentent même pas.

Ne viendras-tu point me voir, si tu viens à Strasbourg ? tes affaires à Francfort sont-elles si pressées ? ton temps est-il si précieux ? Adieu, mon cher Godefroy, aime toujours ton véritable ami,

H. Meyer

VINGT-SEPTIÈME LETTRE

Au même

à Neuchâtel ce Mars 178..

J'ai été en effet invité chez la parente de Mlle de la Prise. Toute la bonne compagnie de Neuchâtel y était. Mlle de la Prise faisait les honneurs et l'ornement de l'assemblée. Sa contenance et ses manières me paraissent changées : elle n'est pas moins naturelle ; mais elle n'est plus si gaie : je la trouve imposante ; il y a dans son maintien une noble assurance : quelquefois je crois voir de la tristesse dans ses yeux ; mais elle est tranquille, elle est posée : ses mouvements sont plus graves, comme son air. Il semble que l'insouciance et la vivacité aient fait place à un sentiment doux et sérieux de son mérite et de son importance… ah ! je souhaite de ne me pas tromper. Il est bien juste, ce sentiment ! qu'elle en jouisse !… qu'elle en jouisse !… qu'il soit sa récompense !… Elle a préservé une femme de l'affreuse misère, du vice, peut-être de la mort ; et un enfant de l'opprobre, et peut-être aussi de la mort, ou d'une longue misère ; et un jeune homme, qui se croyait honnête, que rien encore n'avait dû corrompre, elle l'a préservé d'avoir fait les mêmes maux qu'un scélérat.

Je n'ai pas joué avec Mlle de la Prise : elle n'a pas joué non plus ce soir-là avec le Comte Max.

Lundi il n'y a pas eu de concert ; on a joué la comédie. Je ne t'en dirai rien, sinon qu'on a ici autant de talent pour le chant que pour la danse, et que la grâce y est, je crois, plus commune que partout ailleurs. Au reste, la comédie et la manière dont on la joue m'ont expliqué le ton des femmes dans le monde. Tour-à-tour marquises, soubrettes, villageoises ; tour-à-tour criailleuses, ingénues, emphatiques ; il n'est pas étonnant qu'elles changent de ton vingt fois dans une heure.

Hier à l'assemblée elle a dansé avec tout le monde ; et moi avec toutes les femmes qui ont bien voulu danser avec moi. J'ai pourtant dansé une contre-danse avec elle. J'avais le cœur tantôt serré, tantôt palpitant : quelle différence avec la première fois que je dansai avec elle dans cette même salle ! cependant mon cœur la distinguait déjà.

M. Z*** m'a salué au milieu de la soirée avec un air d'approbation ; et en sortant il a passé devant moi, et m'a serré la main. Les gens caustiques ne sont donc pas nécessairement méchants, ou du moins ils ne sont pas méchants en tout. Mais qui pourrait être méchant en tout, si ce n'est le diable ? et encore le diable ?… Quel bavardage !

Godefroy, j'attends impatiemment que tu m'écrives si tu pourras venir me voir. Tu verrais Mlle de la Prise, tu verrais le Comte Max, et ton meilleur ami te serrerait dans ses bras.

H. Meyer

VINGT-HUITIÈME LETTRE

Mlle de la Prise à Mlle de Ville

à Neuchâtel ce Mars 178..

Je ne me trompais pas ; il m'aime, cela est bien sûr ; il m'aime. Il ne me l'a pas dit : mais il me l'aurait dit mille fois que je ne le saurais pas mieux. Cela n'a pas toujours été si gai, mon Eugénie, que les premiers jours. J'ai eu du chagrin, de l'embarras, quelque chose qui ressemblait à de la jalousie ; j'ai du moins senti ce que serait la jalousie… Ah, Dieu ! puissé-je en être toujours préservée ! j'aimerais encore mieux ne plus l'aimer que d'avoir cet affreux sentiment à craindre. Heureusement je ne l'ai pas éprouvé : car je n'ai point eu de doutes ; seulement j'aurais encore mieux aimé… Mais je ne veux point du tout me rappeler tout cela. Je suis heureuse à présent : je suis bien aise même du chagrin que j'ai eu ; j'aurais payé encore plus cher le contentement que j'ai, la place que j'occupe : car je suis à présent comme un ami, et comme le plus cher ami que l'on puisse avoir ; je suis au fait de ses affaires ; j'agis pour lui : je sais sa pensée, et nous nous entendons sans nous parler. Nous saurions bien au milieu de mille étrangers, que c'est moi qui suis quelque chose pour lui, et lui quelque chose pour moi : c'est l'un à l'autre que nous demanderions des conseils ou des secours ; donner, recevoir, serait également agréable ; mais ce qui le serait encore plus, ce serait d'avoir tout en commun, peines, plaisirs, besoins… tout. Nous étions certainement nés l'un pour l'autre : non pas peut-être pour vivre ensemble, c'est ce que je ne puis savoir ; mais pour nous aimer. Tu trouveras peut-être cette lettre encore plus folle que celle que je n'osai t'envoyer : mais tu te tromperas. Elle n'est point folle, et je sais bien ce que je dis. Adieu, chère Eugénie, je ne te le céderais plus.

Mlle de la Prise

VINGT-NEUVIEME LETTRE

Henri Meyer à Mlle de la Prise

MADEMOISELLE,

Oserai-je vous écrire ? est-ce à vous que je vais écrire ? sera-ce pour vous que j'aurai écrit ? ou n'aurai-je fait qu'épancher et soulager mon cœur ? Vous m'aimez ! n'est-il pas vrai que vous m'aimez ? si vous ne m'aimez pas, j'accuserai le ciel de cruauté et même d'injustice. Je serais donc le jouet d'un sentiment trompeur : les rapports que je sens, la sympathie qui m'attache, qui m'a donné à vous du premier instant que je vous ai entrevue ne seraient donc pas réels ! et cependant, je les sens. Et vous, s'ils sont réels, vous les sentez aussi ! Peut-être votre rougeur, votre embarras au concert, quand vous vîntes chanter près de moi, signifiait que vous les sentiez ! Il me semble que je le mérite, que vous ne devez pas être le prix d'une longue persévérance, et que votre cœur devait se donner pour prix du mien, comme le mien se donnait… Ah ! si vous ne m'aimez pas, ne me le dites pas : trompez-moi, je vous en conjure, et pour vous-même ; car vous vous reprocheriez mon désespoir. Pardonnez, Mademoiselle, ce délire. Si vous me trouvez présomptueux, votre cœur ne m'entend donc pas ; il ne m'entendra jamais, et le mien est perdu. Je ne pourrai jamais le donner à personne, et je ne demanderai celui de personne. Si jeune encore, j'aurai perdu même l'espérance du bonheur. Encore une fois n'en prononcez pas l'arrêt. Que vous importe que je sois trompé ? de grâce ne me détrompez pas. Je n'aurais peut-être jamais parlé, si je n'eusse dû m'éloigner de vous. Content de vous voir, ou d'espérer de vous voir ; d'imaginer chaque jour que cela était possible ; peut-être le respect, la crainte de vous déplaire, surtout la crainte que votre réponse ne fît succéder le désespoir à l'incertitude, m'aurait empêché toujours, longtemps du moins, de rien demander, de rien dire. Mais je ne puis partir sans vous dire que je vous aime. Vous en douteriez peut-être ; et ne serait-il pas possible que ce doute vous tourmentât ? Mon ami Dorville, le plus ancien de mes amis, mon ami d'enfance et de jeunesse, est malade à Strasbourg ; il m'a demandé avec instance. On m'a écrit. L'exprès vient d'arriver. Je pars demain avant le jour. Pourrai-je vous envoyer cette lettre ? serait-il possible d'avoir une réponse ? le Comte Max m'avait promis de venir ce soir : mais il est tard. S'il pouvait encore venir ! mais voudrait-il ?… Ah ! le voici, je l'entends : qu'il lise ces caractères à peine lisibles, qu'il vous les porte, qu'il trouve le moyen de vous les faire lire, ou bien qu'il se taise, ce sera me refuser. Je ne tenterai aucune autre voie : je me regarderai comme un insensé, comme un téméraire. Mais qu'il s'éloigne de moi, et me laisse en proie à ma tristesse.

H. Meyer

TRENTIÈME LETTRE

Le Comte Max à Henri Meyer

Je suis allé chez *** où je savais qu'elle était. On quittait le jeu ; elle était encore assise. Je l'ai priée tout haut de lire la lettre d'un de mes amis. Elle a lu. Je me suis rapproché ; et elle a pris une carte, et m'a demandé un crayon : on la regardait ; elle a d'abord dessiné une fleur. Ensuite elle a écrit. Lisez la carte ; mais vous l'avez déjà lue. Heureux Meyer ! que faites-vous pour nous attacher ? ou plutôt, par quel charme nous séduisez-vous ? Je vais à un souper pour lequel je me suis engagé, il y a longtemps. En sortant de table j'irai vous rejoindre, et je resterai avec vous jusqu'à ce que vous partiez : si je pouvais, je partirais avec vous : je ferais bien peut-être.

*M. de R***

Réponse de Mlle de la Prise

Si vous vous étiez trompé, Monsieur, je serais fort embarrassée : mais pourtant je vous détromperais.

Peuple aimable de Neuchâtel
Pourquoi vous offenser d'une faible satire ?
De tout Auteur c'est le droit immortel
Que de fronder Peuple, Royaume, Empire.
S'il dit bien il est écouté,
On le lit, il amuse, et parfois il corrige ;
S'il a tort, bientôt rejeté,
Il est le seul que son ouvrage afflige.
Mais, dites-moi, prétendiez-vous
N'avoir pas vos défauts aussi bien que les autres ?
Ou vouliez-vous qu'éclairant ceux de tous,
On s'aveuglât seulement sur les vôtres ?

On reproche aux Français la folle vanité,
Aux Hollandais la pesante indolence,
Aux Espagnols l'ignorante fierté,
Au Peuple anglais la farouche insolence.
Charmant Peuple neuchâtelois !
Soyez content de la nature ;
Elle pouvait sans vous faire d'injure
Ne pas vous accorder tous ses dons à la fois.